어느 늙은 테일러의 구원

어느 늙은
테일러의 구원

THE

SALVATION

OF

AN OLD TAILOR

오준엽 지음

좋은땅

목차

이 소설은 1929년 12월, 그리고 1930년 1월까지의 영국 런던의
유명 테일러 거리인 새빌 로(Savile Row)에서 은퇴한
한 늙은 테일러의 짧은 삶의 이야기이다.

제1장

"신이시어, 저는 오늘 죽습니다."

"아니. 너는 오늘 죽지 않는다. 너는 아직 사람을 구하지 못했느니라."

잠에서 깼다. 92세의 나는 오늘 죽을 작정이었다. 내 의지가 아닌 내 나이이자 내 몸이 그렇게 말했다. 사실 나는 신을 믿지 않는다. 하지만 오늘 죽음의 문턱 앞에서 신을 찾게 됐다. 꿈속에서 내가 찾은 신은 누구인가. 나에게 대답한 이는 나인가 아니면 신인가. 복잡한 머릿속을 뒤로한 채 침대에서 몸을 일으켰다. 하늘은 아직 어둡고 찬 바람은 창문 틈으로 들어왔다. 머리를 맑게 하고자 창문을 열었지만 거리는 온통 안개로 꽉 차 있었다. 눈에 들어오는 집들에 불이 켜지며 출근을 준비하고, 길을 보니 이미 수레에 짐을 잔뜩 실어 하루를 시작한 이들과 술에 취해 길에 누워 있는 이들이 보였다. 그 순간 추위에 나의 입김이 겹쳐 보였다.

"확실히 살아 있구나."

나를 떠난 숨의 모습을 보며 안도감과 무언가의 경외심이 들었다.

"92년 평생 나는 무엇을 위해 살았는가. 꿈에서 외친 누군가의 말대로 사람을 구한 적이 있는가?"

머리를 맑게 하고자 창을 열었지만 오히려 더 복잡해졌다. 이 나이에 이런 유치한 생각을 하는 것이 맞나 싶기도 했다. 나이에 떠밀려 은퇴한 나는 출근 준비를 할 일도 없어 소파로 자리를 옮겼다. 이제는 신문도 책들도 지겨운 것들뿐이었다. 그렇다고 사색이 좋지만도 않았다. 나에게 매일은 이 세상을 떠나 죽음을 맞이하는 하루임에 불과했다. 그러나 오늘은 조금 달랐다.

"나는 누군가를 구했는가⋯."

그런 적은 없는 것 같았다. 아니, '어린 시절 냇가에서 얼굴이 기억도 나지 않는 친구를 구한 것이 구한 것인가?'라는 생각조차 들었다.

"그게 구한 것이었으면 나는 오늘 죽었겠지⋯."

나는 밀려오는 '구함'이라는 고민에 마지막으로 나지막이 읊조렸다.

　꿈을 꾼 지 며칠이 지나 하나 남은 친구한테서 편지가 도착했다. 하나 남은 친구라기엔 평생을 같이한 친구는 그 친구 하나뿐이긴 했다. 서로 거동이 힘들어져 10년 넘게 만나지 못하고 이렇게 편지만 가끔 주고받고 있었다. 받은 편지는 내 손의 주름마냥 꼬깃꼬깃했다. 이 친구는 항상 그랬다. 자유로운 초인과 같았다. 이 편지도 그 자유로움 속에 쓰였으며 어디 자유로이 됐다가 보낸 것이라 믿으며 나는 편지를 뜯었다.

그리운 나의 오랜 친구에게.

오랜 친구여, 잘 지내고 있나. 나는 작년에 아내를 잃었다네. 혼자는 힘들구만. 그래서 나는 나를 정리하기 위해 가벼운 여행을 떠나려 하네. 자네를 만나러 간다는 이야기지. 이 이야기를 급작스레 해서 미안하네. 아내의 죽음을 늦게 이야기한 것도 말일세. 자네가 서운해하지 않았으면 한다네. 나는 시간이 필요했을 뿐이야. 자네와는 나눌 이야기가 아주 많네. 우리의 옛날이야기들을 나누자면 죽을 날까지 시간이 부족하겠지. 자네와 이런 과거의 대화를 나누면 이 성난 마음이 좀 가라앉을까 싶네. 이젠 나의 과거를 기억해 주는 이가 없기에 자네는 나에게 더욱 소중하네. 보름쯤 뒤에 자네 동네에 도착할 것이야. 그 전까지 살아 있길 바라네. 그럼 그때 꼭 보세.

자네를 그리워하는 오랜 친구가.

편지에는 자유와 고통이 적혀 있었다. 꼬깃꼬깃함은 그의 자유로 인한 무심이 아닌 고통에 의한 우울인가 싶기도 했다. 걱정이 앞섰다. 결혼을 하지 않았던 나는 배우자를 잃은 슬픔을 알지 못했다. 그 고통을 공감하고 싶지만 쉽지가 않았다. 내 오랜 친구를 어떻게 맞아야 할지 당황스러웠다. 그러나 아마 내 친구는 항상 그랬듯 웃으며 나를 맞을 것이 분명했다. 나는 웃으며 친구를 맞을 수 있을까. 내 얼굴 주름이 못 웃을 내 입을 대신하여 웃음을 표현해 주었으면 했다.

띵동—

보름이 지나 아침 일찍 도어벨이 울렸다. 도어벨이 울릴 일은 딱히 없으니 친구가 도착한 것임에 틀림없었다. 소년과 같이 설레는 마음으로 나는 문을 열었다. 친구가 아니었다. 어떤 이름 모를 청년이 서 있었다.

"안녕하세요! 크리스마스를 기념해서 교회에서 나왔습니다. 이번 크리스마스도 교회에서 큰 행사가 진행되니 오셔서 은혜로운 시간과 맛있는 음식을 같이 즐겨 주셨으면 합니다."

나는 청년이 건네는 전단지를 받아 들었다. 어린 시절 런던에 처음 왔을 때 몇 년간 다녔던 교회였다. '아직까지 내 개인 정보가 있나…?' 하는 생각도 잠시 청년이 날 불렀다.

"저기요…?"

내 생각보다 생각을 오래 하며 서 있었나 보다. 청년의 시린 손이 보였다.

"그래, 내가 시간 되면 꼭 가겠네. 추운데 고맙네. 시간이 괜찮다면 들어와서 차라도 들게."

어디서 나온 오지랖이었을까. 내 외로움이었을까. 아니면 저런 손자도 보지 못한 나의 죄에 대한 마주함이었을까. 그것도 아니라면 종교를 부정하며 돌아다녔던 과거에 대한 회개였을까.

"그럼 잠시 괜찮을까요? 실례하겠습니다. 사실 정말 추웠습니다."

청년은 내 집으로 들어왔다. 그는 늙은이 혼자 사는 집이 신기하기라도 한 듯 호기심 가득한 눈으로 나의 집을 둘러보았다.

"잠시만 저기 앉아 기다리게. 내 금방 차를 내오겠네."

나는 차를 준비했다.

"집에 참 멋진 물건이 많네요. 특히 저 옷장은 정말 멋집니다."

청년이 말했다.

"나는 옷을 짓는 일을 했네. 옷은 위대해. 그 위대함을 담는 곳은 더욱 대단해야 한다네."

나는 어디서 나온 허세인지 모를 허세를 부렸다.

"저도 옷을 짓는 일을 하고 있습니다. 아직 부족한 것이 많지만 열심히 배우려 노력 중입니다. 그래도 어려운 건 어쩔 수 없는 것 같습니다. 제 옷도 좋은 옷이 되어 나중에 저런 옷장에 걸렸으면 좋겠습니다. 어떻게 해야 좋은 옷을 만들 수 있는 것입니까?"

누군지 모를 갑작스러운 청년의 질문에 나는 할 말이 없었다. 대답을 피해야 했다.

"자, 여기 차네. 나는 조금 진하게 마시는 편이라 진하게 내렸는데 자네 입맛에 맞을지 모르겠네."

"저도 진한 차를 좋아합니다."

"자네는 어쩌다 이 추운 날 전단지를 돌리고 있나. 그리고 아까 옷 짓는 일을 한다고 그랬는데 지금은 한창 일하고 있을 시간이 아닌가."

"저는 사실 고아입니다. 기억도 나지 않을 어린 나이에 교회에 버려져 지금껏 목사님 손에 자라 왔습니다. 매년 크리스마스는 제게 가장 행복한 날들이었습니다. 마스터께 이야기하니 웃으며 도우라고 보내 주시더군요. 정말 감사한 일들뿐이네요."

"감사라…. 자네는 삶에 감사한가?"

　　　　　　　　어느 늙은 테일러의 구원

"물론입니다. 제 삶에 너무나도 감사합니다. 이렇게 일을 하고, 매끼 밥을 먹으며 잘 수 있는 공간이 있다는 것 자체가 너무 감사할 뿐입니다. 그리고 방금은 추워서 쓰러질 뻔했는데 이렇게 들어와 따뜻한 차를 마시며 멋진 물건들도 구경하고 있지 않습니까. 감사함뿐입니다, 제 삶은."

나는 멍해졌다. 내 질문의 요지는 부모의 부재와 그들의 행동에 대한 고통이었다. 이 젊은이는 그 모든 것을 잊은 채 자신의 삶에 감사함을 표하고 있었다.

"나는 꽤 오래 살았다네. 그만큼 전도하겠다고 나에게 붙는 사람들도 많이 봤지. 그들은 나에게 지옥을 얘기하며 나를 절대 죄인으로 만들었다네. 근데 자네는 이 집에 들어온 이후 종교에 대한 그 어떤 말도 하지 않고 자네를 고아로 만들었을 부조리한 신에 대해서도 원망 없이 감사함으로 가득 찼구만. 그것이 어떻게 가능한 것인가?"

말을 마치고 청년의 표정 변화를 보며 나는 내 말이 잘못됐다는 것을 알았다.

"미안하네. 늙은이의 실언이라고만 생각해 주게."

청년은 표정을 풀며 웃으며 대답했다.

"아닙니다. 자주 듣는 이야기일 뿐인데요, 뭐. 차 정말 잘 마셨습니다."

청년은 정리하며 일어났다.

"크리스마스 날 꼭 뵀으면 좋겠습니다. 감사합니다. 그럼 안녕히 계세요."

"그래. 잘 들어가게."

나는 문 앞까지 청년을 배웅했다. 청년이 떠난 자리에 나는 멍하니 서서 머릿속을 떠나지 않는 청년이 떠나며 한 말을 되새겼다. 평소였으면 흘릴 말이었을 거다.

"크리스마스 날 꼭 뵀음 좋겠다…. 나는 실언을 했음에도 불구하고 구원을 받았구만…."

혼잣말을 중얼거리는 그 순간 멀리서 누군가 나를 향해 소리쳤다.

"자네, 문 앞에서 뭐 하고 있나! 정말로 그리웠다네! 내 오랜 친구여!"

내 친구는 뛰는 건지 걷는 건지 모를 느린 걸음으로 나에게로 와 껴안았다.

"자네는 잘 걷지도 못하면서 목소리는 아직도 기차 화통을 삶아 먹은 듯하구만. 하하! 정말 오랜만이네! 정말 반가워!"

오랜만에 만난 친구의 얼굴은 그의 목소리만큼 호쾌하며 밝았다. 다행이었다.

"문 앞에 그만 서 있고 얼른 들어가세, 친구여! 나눌 이야기가 산더미네!"

"그래! 들어가세. 자네는 분명 차를 연하게 마셨었지. 내 금방 내오겠네."

"기억하고 있구만!"

우리는 집 안으로 들어갔다. 오늘만큼 집이 북적거린 적은 없었다. 아마 이 동네에 온 이래 처음인 듯싶었다.

"친구여, 아직 옷 짓는 일을 하고 있나?"

친구가 웃으며 물었다.

"이보게…. 아닐세. 나는 옷 짓는 일을 그만두었네. 자네도 알지 않나. 나는 그 일에 아주 학을 떼었다네. 이 나이엔 너무 고되고 고통스러운 일이야. 더 이상 할 수 있는 일이 아닐세. 그만둔 지 십 년은 훌쩍 넘었지. 아… 이건 내가 말한 적이 없구려….”

내 말을 들은 친구의 표정은 어두워졌다. 내가 또 실언을 했나 하여 곱씹어 보았지만 아무리 생각해도 실언이 될 것은 없었다. 나는 말을 이었다.

“별거 아닌 일이네. 나는 평생 먹고살 돈을 벌었다네. 또 식솔도 없으니 이 정도면 차고 넘치지. 걱정할 필요 없다네. 그리고 이젠 손도 젊은 날처럼 움직이지 않아.”

친구가 심각한 표정을 뚫고 운을 뗐다.

“친구여, 나는 자네의 재정 상태를 걱정하여 이런 표정이 나온 것이 아니라네. 표정에 상처를 받았다면 미안하네. 너무도 편한 사람이라 그랬나 보네. 사실 나는 큰 부탁을 하러 왔다네. 내 이 세상을 떠나는 날 입을 옷을 하나 지어 주길 바랐지. 근데 불가능할 것 같구만.”

이런 부탁은 들어 본 적도 적힌 적도 없었다. 누군가 죽는 날 입을 옷을 지어 달라니! 이건 너무나 앞뒤가 맞지 않는 말이 아닌가. 다들 새 옷을 받으면 뽐내며 나가는 일이 대부분인데 자신의 마지막 날을 위해 지어 달라니. 죽을 때마저 멋지고 싶은 것이 내 친구의 마음인가! 나는 그렇게 가벼운 사람을 사귀었다는 것인가. 아니, 내 친구는 그렇게 가벼운 사람이었던가!

“그게 무슨 말인가. 자네가 죽는 날에 입을 옷이라니! 나는 그런 옷을 들어 본 적도 없다네. 무엇 때문에 그런 부탁을 하는 건지 난 모르겠네.”

내 목소리는 조금은 높아졌다.

“이보게, 친구여…. 나는 멋지게 죽는 것은 원치 않아. 그것이 아니라 나는 제대로 죽고 싶을 뿐이야. 내 인생을 이 세상에서 가장 잘 아는 사람은 자네뿐이고, 그런 내 인생을 표현해 줄 수 있는 사람도 자네뿐일세. 나는 내 죽음에 완벽하게 오롯이 나인 모습으로 죽고 싶을 뿐이야. 절대로 멋 같은 게 아니라고… 아마 옷을 평생 지은 자네는 잘 알겠지, 내 말의 뜻을."

알지 못했다. 아니, 알 수 없었다. 이 말은 내가 바늘과 가위를 잡아 온 70년의 삶이 부정당하는 것이었다.

"부끄럽지만 나는 자네가 무슨 말을 하는지 모르겠네. 나는 죽음을 위해 옷을 지어 본 적이 없어. 아니, 더 나아가 나는 멋쟁이를 위한 옷을 지었네. 내 옷이 멋지다며 나가는 손님들의 웃음에 나는 행복을 느꼈을 뿐이야. 내 옷은 살아 있는 사람을 위해 잘 만들어져야만 했네. 그것이 살아남는 방법이었고 내 가치관이었지. 그들은 내가 추구하는 것에 돈을 지불했고 나는 거기에 만족했어. 내 가치는 거기 있었다네. 내가 지은 옷으로 누군가 즐겁다면 그것이 얼마나 의미 있고 벅찬 일인가!"

나의 목소리는 더욱 커졌다.

"자네의 옷엔 삶의 쾌락이 함께했구만. 쾌락을 지었어. 자네가 처음 바늘을 잡았을 때 했던 말을 나는 기억하네. 옷이 아닌 사람을 짓겠다고 했었지. 나는 그 말을 70년 넘도록 믿었고, 자네가 그렇게 말을 하더라도 지금도 나는 그렇게 믿고 싶네. 왜냐면 아직 자네의 손과 발은 제대로 움직이고 자네의 눈은 안경만 낀다면 제대로 보이지 않나. 자네가 십수 년 전에 바늘을 놓았다고 하더라도 나는 자네의 경험을 믿는다네. 다시 바늘과 가위를 잡는 것이 어떻겠나. 아직 자네는 사람을 지을 수 있어."

어느 늙은 테일러의 구원

이 친구는 항상 이런 식이었다. 초인이라도 된 양 내 위에서 이야기를 했다. 나는 항상 그의 말을 전부 이해할 수 없었다. 나이가 들어 만나도 나는 그의 말을 듣는데 화가 났다. 하지만 내가 어린 시절 말한 것까지 들먹이는데 나는 할 말이 없었다. 쥐구멍이라도 찾고 싶던 기분이었다.

"자네가 그렇게 말하더라도 나는 너무 늙었다네. 더 이상은 힘드네."

커졌던 내 목소리는 들리지도 않을 정도로 작아졌다.

"나를 부디 구해 주게."

친구가 말했다. 구해 달라! 초인과도 같던 그의 입에선 나올 수 없는 말이었다! 어디서 어떻게 구해 달라는 말인지 이해는 하지 못했으나 구해 달라니! 나는 누군가를 구할 수 있나! 드디어 나는 죽을 수 있나!

"구해 달라…. 그 답은 지금 하지 못하겠네. 자신도 없고 말이지. 근데 나도 하고 싶은 말이 있네. 구해 달라고 하여 생각난 것이야."

친구는 의아하다는 표정을 지으며 대답했다.

"그게 무엇인가?"

나는 격양된 목소리로 대답했다.

"내 며칠 전 꿈을 꾸었다네. 누군지 모를 신에게 나는 고했지. '오늘 죽습니다.'라고! 근데 그 신이 나에게 뭐라 했는지 아나?! 나보고 아직 사람을 구하지 않아 죽지 못한다는 것이네! 나는 그게 무슨 말인가 싶었지! 근데 자네가 나보고 구해 달라 한 것이네! 꿈이 마치 현실이 된 것마냥 말일세!"

친구는 박장대소하며 대답했다.

"오랜 친구여, 아직도 죽음을 노래하나. 자네는 그 어린 시절부터 죽음을 노래했다네. 자네는 기억하나? 우리가 10대 중반인 어느 날부터 세상은 자네를 버렸다면서 죽음을 이야기했지. 20대 초반에도 그랬다네. 첫사랑과의 헤어짐에는 또 어땠나. 자네는 그때 죽음을 최고로 원했다네. 자네는 항상 그랬지. 매 순간 그랬어. 자네는 아직 죽음을 노래하기에 나보다 훨씬 젊구만."

친구는 웃음을 멈추고 진지한 표정으로 바뀌며 내 눈을 뚫어지듯 응시했다. 그리고 잡아먹을 듯한 두려움을 나에게 내뿜으며 친구는 말을 이었다.

"아직 우린 젊다네. 우리는 영원히 젊을 것이야. 아니 오히려 갓난아기 때와 같을 수도 있지. 늙는 것은 이 몸뚱어리뿐이거든! 자네의 질문에 대답을 하자면 자네가 구해야 할 것은 아마 내가 아닐세. 아니고말고. 내가 구해 달라는 것은 내가 아니야. 오히려 자네라고 하면 그게 맞겠군. 자네가 자네를 구하는 것이 나를 구하는 것이라네. 그렇기에 자네는 내 죽음의 옷을 지어야 해. 그게 아마 자네의 구함을 위한 시작일걸세."

친구는 또다시 웃으며 말했다.

"나는 그 신이 누군지 알 것 같구만."

친구는 또 내가 알 수 없는 말을 떠들었다. 짧게 끝내고 싶던 내 고민은 이제 깊은 심연으로 빠졌다. 나는 그의 말에 굴복했다.

"나는 자네가 무슨 말을 하는지 하나도 이해할 수 없네. 이 말을 기어코 또 하게 만드는군, 자네는. 나는 조금의 변명을 해 보겠네. 나는 아주 불운해. 운이라고는 타고나지 않았지. 자네가 말한 십대 중반의 나는 실패자임을 깨달았어. 물론 지금까지도 똑같다네. 나는 계속 실패자야. 내가 실패자임을 깨달은 것은 내 삶이 원하지 않는 방향으로 흘러감을 알았을 때라네. 나는 진심으로 내가 원하는 길이 있었어. 집에선 반대가 심했지만 나는 있었네. 그게 내가 집을 나온 이유야. 집은 따뜻했지만 밖은 그렇지 않더군. 나는 매일을 그 차가운 고통 속에 버텨야 했다네. 그 누구도 나를 이끌어 줄 수 없었지. 나는 내가 원하는 것을 하기 위해 새빌 로(Savile Row)로 가 양복점에 들어갔어. 그리고 무릎을 꿇어 빌었지. 제발 받아 달라고 말일세. 마스터는 사람이 참 좋았어. 그런 나를 받아 주고 나를 키워 주었지. 부모님보다 나를 더 믿어 줬다네. 그의 밑에서 일을 배우는 게 얼마나 재미있던지! 아까 말했듯 나의 것을 짓는 일이 좋았어. 하지만 나는 내 실력이 부족하다는 것도 깨달았지. 그러나 나는 마스터와 같은 테일러는 될 수 없었다네. 그렇게 나는 뒷방에서 옷만 짓다 나에게 지쳐 은퇴했지. 부모님이 옳았을 수도 있겠군. 내 인생은 잘못되었어."

친구의 표정은 알 수 없는 표정이었다. 그리고 침묵했다. 그러나 곧 친구는 침묵을 깨고 입을 뗐다.

"자네의 말엔 어폐가 있군. 자네는 불운하다면서 운을 이야기했네. 새빌 로에 몸을 들이는 것은 쉬운 일이 아니야. 그 어려운 곳에 들어간 것도, 그곳에서 좋은 마스터를 만난 것도 운이 아니고서야 어찌 해석할 수 있겠나. 그리고 그 늦은 나이까지 자네가 새빌 로를 지켰는데 그것은 또 운이 아니면 어떻게 설명할 건가. 자네는 운이 있었어. 실력도 있었지. 자네는 이상이 너무 높았을 뿐이네."

"내가 내 고통에 대해 말을 덜 한 것 같구만. 그것이 운이라면 운이겠지. 근데 그것이 운이 아니라 운을 가장한 불운임을 알면 사람은 붕괴된다네. 마치 나의 사랑의 실패가 그랬지. 우리는 어린 시절 단테를 존경했어. 그의 사랑의 방식이 가장 옳다 생각했지. 우린 베아트리체를 만나고자 했지 않나. 자네도 대충 알다시피 나는 베아트리체를 만났다네. 근데 그녀는 매몰차게 떠났어. 자네와 내가 사랑한 베아트리체는 그냥 단테가 집착한 사랑의 방식이었을 뿐이야. 그것이 순수하긴 하지. 그것보다 순수한 것이 어디 있겠나. 하지만 우리는 놓친 것이 있네. 단테와 베아트리체는 둘이 평생 행복하지 않았다는 것이야. 단테를 보게. 얼마나 고통 속에 살았나. 그 고통은 평생에 목을 죄어 오는 고통이야. 나라고 그렇지 않았겠나. 나는 단테를 너무 존경한 나머지 그를 너무 닮아 버렸어. 사실 내가 결혼하지 않은 이유 중 가장 큰 이유야. 일이 바쁘다? 내 실력을 더 키우겠다? 그건 다 개소리였을 뿐이야. 나를 위한 보호 장치였을 뿐이지. 나는 거짓말쟁이로 살아왔네. 이 순수함도 이상이라면 이상이겠지. 단테처럼 나는 나만의 베아트리체를 천국에 올려놨을 뿐이야. 그녀를 만났을 땐 다 좋았지. 심지어 나는 신에게 감사 기도 또한 올렸었네. 얼마나 감사한지! 내 인생에 그렇게 큰 감정의 동요와 목적의 동요는 또 없었을 거야. 그것이야말로 큰 운이었지. 근데 그것이 꺾이면 우리는 가늠하기 힘든 고통을 맞이하네. 나는 그녀를 천국에 올려놓았지만 평생을 지옥에 살고 있단 말일세. 그 이후로 삶의 목적이 없어. 그 누구도 나에게 삶의 목적과 뜻을 제공하지 않았단 것이네. 이것보다 고통과 부조리한 삶이 또 어디 있겠나. 삶에는 목적이 있어야 해. 그래야 우리는 삶을 포기할 수 없지 않나. 나는 고통에 대한 죽음을 이야기했다면 그녀가 떠난 후로는 목적의 부재에 대한 죽음을 이야기했네. 나는 이 모든 것을 빨리 끊어 버리고 싶었어."

친구는 말했다.

"자네는 너무 감정적이야. 감정의 이상이 너무 높아. 우리는 현실을 볼 줄도 알아야 해. 자네도 알지 않나. 현실과 이데아는 너무나도 다르다는 것을."

"아니!"

나는 소리쳤다.

"사람은 감정이 전부일세! 감정의 동요가 없다면 그것은 죽은 사람일 뿐이야! 감정이 없는 사람은 시체와 다름없지 않은가! 살아갈 이유가 없다는 것이네!"

"그럼 자넨 어떤 감정으로 옷을 지었나. 사랑? 분노? 오늘 자네의 말을 듣기로는 자네 옷엔 사랑이 없었을 것 같네. 자네는 자신에 대한 분노와 삶에 대한 분노로 옷을 짓지 않았나? 아까 말한 자신의 실력 부족은 또 자네가 만들어 둔 방어 장치에 불과한 것으로 들리는데 그것이 맞나?"

나는 침묵했다. 무언의 긍정이었을 것이다.

"그렇다면 사랑으로 옷을 지어 주게. 나를 사랑한다면 말일세. 나는 자네에게 무엇을 부탁한 적이 없지. 이것이 내 처음이자 마지막 부탁일세. 자네를 구해 주게."

나는 고민했다. 아마 꽤 오랜 시간이 지났다. 격해진 감정 속에 차가 있었던 것도 까먹었는데, 고민이 끝나고 차에 입을 대니 차갑게 식어 있었다.

"알겠네. 내 노력해 봄세. 근데 나에게 그 의미를 고민할 시간을 줘야 해."

친구는 미소를 띠었다.

"고맙네! 시간을 주고말고! 역시 자네라면 가능할 것이야."

나는 한 가지 질문을 이었다.

"그것도 그렇지만 아까 말한 신을 알겠다는 이야기는 무엇인가?"

"신이라…. 이미 자네도 알고 있을 것 같네. 여기 이 전단지도 있지 않나. 크리스마스에 약속이 없다면 나랑 이 교회에 나가 보세. 당장에 모레군!"

"하하, 그 부조리한 신 말인가. 그렇지 않아도 그 전단지는 부조리를 타고난 어느 젊은이가 주고 간 것이라네. 나는 그 젊은이의 삶에서 슬픈 부조리를 보았어. 나는 부조리를 마주했을 때 죽음을 말했지만, 그는 감사를 말하더군. 나는 그 의미가 궁금했지. 근데 참 웃기지 않나? 나도 그 신을 알아. 그 신을 찬양하는 예배당도 다닌 적이 있지. 거기는 이유 없는 감사와 찬양이 가득 찼었네. 근데 더 가관인 것은 뭔 줄 아나? 다들 고통 속에 자신을 구해 달라고 기도하는 것이야! 그것이 어떻게 감사이고 찬양인가! 나는 그런 부조화는 본 적이 없네. 그렇게 전지전능하다면 고통을 해결해 주고 행복하게 만들어 줘야 하는 것이 신이 아닌가. 자식이라면서 고통 속에 두는 것이 부모의 도리인가? 나는 아니라고 생각하네. 그런데도 그 젊은이는 그 어떤 불평 없이 감사를 표하더군. 그래서 내가 보고 이해한 것들이 틀렸나 생각했네. 다시 한번 나가서 내 눈으로 보고 싶었어. 혼자 가긴 좀 그랬는데 자네가 있다면 좀 편한 마음으로 갈 수 있을 것 같구만."

"하하하, 자네의 말은 틀린 것이 없네. 오랜 친구여, 자네는 아주 제대로 보았어. 이미 사랑의 첫 단추를 잘 꿰었구만. 역시 옷을 짓는 사람은 뭐든 잘 꿰는군. 자네가 본 것은 첫 단추일 뿐이야. 그 다음 단추는 모두가 나르다네. 같은 것이 아니야. 그 단추는 나도 내 것밖에는 알지 못하네. 자네의 것은 자네가 마저 꿰어야 해."

친구는 또 내가 이해하지 못하는 이야기를 했다. 지쳤다. 나는 주제를 돌려야 했다.

"근데 자네 숙박은 어쩔 셈인가? 우리 집에서 자게. 나 혼자 있기엔 집이 너무 넓네. 방도 충분하고 말이지."

"아냐, 이 앞 호텔을 예약해 두었네. 자네가 내 부탁을 들어주기로 한 이상 나는 손님이야. 손님이 자네 집에 머무를 수 없지. 근데 벌써 시간이 이렇게 되었나. 나는 가 볼 곳이 있다네. 젊은 시절 아내와 갔던 곳을 돌아다닐까 해."

맞다. 이 친구는 아내를 잃었다. 만난 순간부터 완벽히 잊고 있었다.

"식사라도 하고 가지 어디를 간다는 것이야. 나갑세. 같이 걸으며 식사도 하고 옛날이야기를 들려주게. 내가 위로가 될지는 모르겠지만 말이야."

"아닐세. 혼자 다니고 싶어. 자네와의 식사는 크리스마스로 미루지. 그럼 그날 아침 11시에 교회 앞에서 만나는 것으로 하고 나는 이만 일어나 보겠네."

나는 그의 슬픔과 기억을 이해해 주었어야 했다.

"그래, 그러지. 그럼 크리스마스에 보기로 합세. 날도 추운데 늙은 몸을 이끌고 고생이 많겠구만. 조심히 가게."

"조심해야 할 나이긴 하지. 이 나이가 아직도 나는 익숙지 않구만."

우리는 웃었다.

어느 늙은 테일러의 구원

친구가 집을 나선 뒤 내 집은 식은 차마냥 차가워졌다. 오늘은 찻잔을 치우기에도 벅찰 정도로 대화에 많은 힘을 썼다. 나는 소파에 몸을 기대었다. 점심시간이 다가오는 데도 불구하고 나에겐 포크를 들 힘조차 남아 있지 않았다. 나는 가만히 눈을 감고 오늘 친구와 나눈 대화를 곱씹어 보았다. 우리의 대화는 두서없었으며, 내가 한 말들은 92세의 늙은이가 한 말이라고는 아주 건방지고 무례하기 짝이 없었다. 나는 너무나도 감정적이었으며 친구의 말을 전부 이해 못 한 나머지 특정 단어들에만 반응하여 이야기를 했다. 더욱 심한 것은 그것조차 제대로 설명하지 못한 것이고 , 그런 나의 모습이 밝힌다는 것이다. 그가 말한 '젊다.'라는 것이 이것을 의미하나 싶었다. 분명 세상을 거의 다 살아와 많은 경험을 기반으로 존재하는 나는, 아직도 말귀를 못 알아들으며 말조차 제대로 하지 못했으니 말이다. 배움이 부족한 것일까, 그게 아니라면 나라는 사람의 근본적 부족함일까 고민을 했다. 답은 나오지 않았다. 그냥 나는 어리다고 생각하기로 했다. 나는 생각을 이었다. 옷을 짓던 나는 어렸을까. 내가 테일러라고 말을 하려면 항상 다양하고 많은 것을 듣고 해석하며 대화하는, 그리고 상대를 이해하는 입장으로 존재하여야 했다. 그러한 입장으로 남으려면 많은 것을 공부하여 알아야 했다. 그리고 나에게 비스포크(bespoke)란 그런 것이었다. 그래서 많은 책을 읽었고 나를 다듬기 위해 많은 노력 또한 하였다. 그래야 상대를 이해할 수 있으니까 말이다. 그리고 나는 상대의 취향에 많은 관심을 기울였다. 그가 좋아하는 것이나 싫어하는 것에 집중을 하면 그가 어떤 멋을 추구하는지 알 수 있었다. 그것이 잘못됐다고 생각한 적은 없었다. 그리고 나는 그들이 하는 이야기들을 꽤나 즐겼다. 이 모든 순간들과 나의 실력과 고결함을 갈고닦는 것이 신사가 되기 위한 길이라 생각했다. 이는 또한 어른이 되는 것이었고 나를 인문학의 정수로 이끌어가는 거룩함이었다. 비스포크는 그런 것이었고 나는 그것을 만드는 사람이라는 굳은 가치 안에 살아왔었다. 그러나 오늘의 나는 전혀 그렇지 않았다. 과거의 나는 진정한 나였는가. 무엇이 나인가. 생각을 이을수록 나는 붕괴되어 갔다. 이런 기분은 실로 오랜만이었다. 어렸을 때, 그러니까 20, 30대였던 시절엔 이런 것이 일상이었다. 그런데 또 생각해보니 그때와 같지는 않았다. 그때는 나의 격렬했던 인생과 감정에 대한 붕괴였다. 나 자신은 그곳에 있다고 생각했고 그것이 옳았다. 근데 오늘의 대화는 무엇이었나. 나의 사무쳤던 고민과 곧 죽는 인생의 부정이었지 않나. 나는 받아들일 수 없었다. 아니, 받아들이기 싫었다. 두려웠다. 나의 주권이 나의 것이 아닌 것처럼 멀어지는 기분이었다. 생각을 멈추었다. 이 나이가 되어도 생각이 두려울 때가 올지는 몰랐다. 그저 피곤하여 잠에 들고자 했다. 그것이 유일한 도피처였다.

어느 늙은 테일러의 구원

눈을 뜨니 해가 지고 있었다. 불을 켜고 불을 올렸다. 차가워진 집에 너무 오래 잠들었다. 차를 마셔야 했다. 오랜 시간 자고 일어나 차를 끓이다 보니 어렸을 적 부모님이 한 말이 생각났다. 부모님이 아니었을 수도 있다. 누군가의 어른이었다.

'나이가 들면 잠이 줄어드네. 젊은 날에 몰아 자서 그런 것이지. 내가 잠이 적은 이유는 늙어서가 아니야.'

실소가 새어 나왔다. 확실히 늙어서 잠이 줄어드는 건 아닌 듯싶었다. 이 나이에 이렇게 오래 잤으니 말이다.

삐- 삐- 삐-

주전자의 물이 다 끓었다. 찻잎을 넣는 것이 오전과는 무언가 다르게 느껴졌다. 오늘의 나는 온전히 나였지만 나인 느낌이 들지 않았다. 잠을 오랫동안 자고 실소를 터뜨렸음에도 불구하고 내가 아니었다. 내 92년은 어디로 간 것인가. 오전에 이름 모를 청년이 말한 것이 떠올랐다. 멋진 물건…. 그것이 나의 인생을 표명하는 것일 수도 있다는 생각을 했다.

나는 차를 다 마시고 방으로 들어가 일을 할 때 쓰던 바늘통과 가위 그리고 초크 통 등을 꺼내 보았다. 일을 할 때는 매일 아침 그것들을 만지며 하나하나 가다듬으며 믿지도 않는 신에게 기도를 했었다. 나는 어릴 적 남성복의 신이 존재한다고 믿었으니 아마 그 신이었을 거다. 그렇게 일을 시작하면 나는 의기양양했었다. 신사들은 자신만의 규율이 있어야 한다고 믿었고, 그 규율은 나를 합리화시키기에 충분했던 것이었다. 하지만 지금은 그 규율이 보이지 않았다. 남의 눈에는 멋지게 보일지 몰라도 지금 내 눈에는 그렇지 않았다. 나는 나를 잃어버린 것이 맞았다. 나는 주인을 잃은 물건들을 내려놓고 옷장을 열었다. 옷이 가지런히 정리되어 있었다. 이는 내가 어린 시절부터 버릇처럼 해 오던 일이었다. 그것은 또한 나 자신이었다. 혼란이 가중됐다. 나는 나임을 부정당했지만 그래도 나였다. 내 오랜 친구는 나의 그런 모습에 실망했나 싶었다. 친구의 부탁은 나를 온전한 나로 돌려놓기 위한 행동이었다고 생각하기로 했다. 나는 차를 끓여 놓은 것도 잊은 채 가위를 갈았다. 그리고 기름칠을 했다. 죽어 있던 가위는 살아났다. 나는 신도 아니지만 무언가를 살릴 수 있었다. 이전엔 이런 생각조차 한 적 없이 그저 내가 만들어 놓은 규율이었으리라. 나는 다시 옷을 지을 생각은 없었지만 홀린 듯이 그 행동을 했다. 다시 살아난 가위를 보니 내 몸은 본능적으로 원단을 찾았다. 두꺼운 트위드(tweed) 원단이 죽은 채로 쌓여 있었다. 나는 트위드를 책상에 놓고 '조금이라도 달라졌을까?' 하는 생각과 함께 내 몸의 치수를 보기 위해 거울을 보며 그리고 내가 입은 옷을 보며 몸을 눈에 익혔다. 다행히 그대로였다. 그다음 초크를 들고 죽어 있던 트위드에 패턴을 그렸다. 얼마나 지났을까. 다 그리고 나니 코트였다. 나는 주저 않고 재단하기 시작했다. 이미 식사 시간은 지나 있었다. 하지만 식사 생각은 나지 않았다. 하루 종일 식사를 하지 않앉음에도 불구하고 말이다.

　나는 만들던 코트 왼쪽의 앞판과 뒤판을 가봉하여 팔을 넣었다. 너무나도 내 것이었다. 정말 오랜만에 감정에 큰 기쁨의 요동이 차올랐다. 말 그대로 멋있었다. 내가 좋아하는 실루엣이었으며 오롯이 나와 닮았었다. 나는 거울 앞에서 웨딩드레스를 입은 신부마냥 신나고 설레는 표정으로 살펴보았다. 그것도 잠시 나는 내가 아닌 기분이 들었다. 모두 다 거짓 같았다. 배가 고파 왔다. 가봉한 옷을 대충 벗어 책상에 던져 놓고 나는 빵과 쿠키 그리고 따뜻한 우유를 준비했다. 딱딱한 빵을 씹으며 아까의 위화감은 무엇이었을지 고민했다. 멋은 있었지만 무언가가 멋을 방해했다. 치수를 재고 만드는 데에는 아무 문제가 없었다. 그렇다면 문제는 입는 나이거나 만드는 나였을 것이다. 만드는 나는 과거의 나와 다를 바 없었다. 잘못된 곳도 없었고 내 진심도 그대로였다. 그렇다면 입는 내가 문제였다. 하지만 무엇이 문제인지 알지 못했다. 나는 점점 지쳐 갔다. 최근 몇 년간 가장 길고 지치는 하루였다. 너무나 많은 생각과 대화를 하였고 나는 오랜만에 붕괴되었다. 과거의 붕괴와는 전혀 다른 붕괴를 마주하니 그 어느 것도 잡히지 않았다.

　배도 어느 정도 찼겠다, 나는 세면대 앞에 섰다. 이를 닦았다. 거울 앞

나를 관찰했다. 수염도 엉망으로 나 있었다. 매일 아침 수염부터 깔끔하게 정리하는 나는 이미 사라져 있었으며 이미 나태해져 있었다. 그 나태함을 이끌고 나는 불을 끄고 잠자리에 들었다. 너무나 긴 하루였다. 어둠도 내 피곤함을 이기진 못했다.

새들이 지저귀는 소리를 뒤로하고 세상이 분주한 소리에 눈을 뜬 것 보니 이미 꽤 늦은 시간인 것 같았다. 날이 추웠지만 사람들의 소리에 깨니 식사를 밖에서 해야만 할 것 같은 기분이 들었다. 나는 수염을 깨끗이 정돈하고 옷장을 열었다. 어제의 소동 때문인지 어렸을 때 옷을 좋아하던, 아니, 설렜던 감정이 올라왔다. 나는 셔츠를 잠그고 트라우저(trousers : 바지)를 입고 브레이시스(braces : 바지 멜빵)를 한 다음 넥타이를 했다. 넥타이는 딱 한 번. 보 브러멜(Beau Brummell)은 수 시간을 넥타이를 하는 데에 쏟았다고 했지만 나는 단 한 번만 시도하는 버릇을 가졌다. 우리의 스승인 보 브러멜은 자연스러움을 나타내기 위해 했다지만 나는 그것이 단 한 번의 시도로 나온다고 생각했기에 잘못 매어졌건 잘 매어졌건 그저 내 목에 노트(knot)가 빈 공간 없이 잘 놓아지는 것만을 노력했다. 수십 년을 본 나의 모습이자 내가 가장 좋아하는 모습이었지만 오늘의 감정은 무언가 특별했다. 나는 웨이스트코트(waistcoat : 조끼)와 재킷을 걸치고 잘 개어진 포켓 스퀘어(pocket square) 한 장을 꺼내 고이 접어 재킷 가슴에 찔러 넣었다. 그리고 구두를 신으려 보니 구두의 광이 많이 죽어 있었다. 미안한 마음을 갖고

어느 늙은 테일러의 구원

구두를 신었다. 그리고 마지막으로 코트를 꺼내 입고 목도리를 두르고 모자와 지팡이를 집어 들었다. 모든 것이 오랜 시간 지켜 온 내 규율이었다. 문을 여니 차가운 공기가 내 머리와 코를 스쳤다. 빠르게 모자를 얹고 구두를 닦으러 발을 옮겼다. 밥을 먹으러 나왔는데 밥은 이미 뒷전이 되어 버리고 나의 집착이 살아났을 뿐이었다. 나의 발을 오랜 시간 맡겼던 구두닦이 소년을 찾아야 했다. 아니, 이제 청년이겠다.

청년이 된 소년은 여전히 남의 발을 닦고 있었다. 안심했다.

"혹시 얼마나 기다려야 하지…?"

나는 청년에게 물었다.

"마스터! 오랜만입니다! 잘 지내셨나요? 이 손님분만 끝나면 되니 잠시만 기다려 주세요."

"그러지. 여전히 자넨 활기차서 좋구만."

지팡이를 양손으로 누르며 나는 오랜만에 사람들이 살아가는 모습을 구경했다. 누군가는 길에서 소리를 치며 싸우고 누구는 청소를 하고 누군가는 중노동을 하고 또 다른 누구는 장사를 하고 저기 다른 누구는 손님이었으며 어떤 누구는 아랫사람들을 부렸다. 격동의 시대를 지나며 사람들이 바뀌었을 거라 생각했지만 나의 어린 시절과 단 하나도 바뀐 것이 없었다. 사람들은 그저 자기 자신의 위치에서 살아가고 있었다. 나는 새빌 로에서 일하면서 여러 사람을 만났지만 이 길에서는 그런 사람들을 만날 수 없었다.

"마스터, 끝났습니다. 여기 앉으세요."

나는 정신을 차렸다.

"그럼세. 내가 자네한테만 와서 내 다리와도 같은 구두를 맡기는 이유는 자네만이 이 늙은이가 앉아서 구두를 닦을 수 있게 해 줘서라네. 다리가 살아야 구두도 살지 않겠나. 하하"

"마스터는 오랜만에 오셔도 농담을 항상 하시는군요. 제가 마스터의 구두를 닦는 이유는 마스터의 농담을 듣기 위해서인 것 같네요. 하하하"

"자네의 농담 실력도 많이 늘었구만! 아주 손님 상대하는 데에 도가 텄어! 잘됐구만. 그럼 내 다리를 부탁함세."

"네."

나는 앉아서 발을 받침대에 얹었다. 청년은 구두를 꼼꼼히 살핀 뒤 닦기 시작했다.

"저는 마스터의 구두를 볼 때마다 기분이 좋습니다."

나는 의아했다.

"왜인가?"

나는 물었다.

"좋은 가죽으로 장인의 손에서 잘 만들어진 구두가 주인과 오랜 시간 동안 함께 늙어 온 것보다 아름다운 것을 저는 알지 못하는데 마스터의 구두가 그런 구두입니다. 지금이라도 이 말을 할 수 있어 다행입니다. 마스터의 구두를 처음 본 그 어린 나이부터 이 생각을 했으니깐요."

나는 애매모호한 미소를 띠며 물었다.

어느 늙은 테일러의 구원

"그렇담 이 구두가 나를 닮았나?"

청년의 표정은 너무나도 심오해졌다. 심지어 손마저 멈췄다. 얼마 후 그는 운을 뗐다.

"닮지 않은 것 같습니다. 뭐랄까요…. 마스터에게 꼭 맞게 닮았지만 구두에선 마스터보단 만든 사람이 더 보입니다. 그만큼 이 구두를 만든 사람이 대단한 사람이란 의미 아닐까요? 사실 이건 제가 구두장이이기 때문에 좋은 구두만 보면 구두에 더 집착하는 버릇 때문에 그런 것일 수 있습니다."

"그것 참 재미있는 말이군. 그럼 자네는 나를 위해 구두를 광을 내는 것인가, 그렇지 않다면 구두를 위해 광을 내는 것인가?"

"오늘따라 마스터답지 않은 질문들을 하시는군요. 저는 구두를 위해 광을 냅니다. 그렇다면 신는 사람도 광이 날 테니 말이죠."

"일리 있는 말이군. 그렇다면 오늘은 광을 덜 내 주게. 이제 나는 광을 좀 덜 낼 나이라네. 대신 누구보다 깨끗하게만 닦아 주게."

"네."

청년은 웃으며 답했다. 나도 미소를 띠고 편히 앉아 사람들을 구경했다. 얼마나 멍하니 구경을 했을까. 청년이 나를 불렀다.

"다 끝났습니다. 마스터. 추운데 고생이 많으셨네요."

"나보다 자네가 고생이 많았지. 여기 이 돈 받게나. 잔돈은 괜찮아. 그리고 메리 크리스마스라네. 곧 또 봄세."

"감사합니다. 메리 크리스마스입니다. 안녕히 가시고 건강하세요!"

"고맙네."

나는 웃으며 자리를 떴다.

　급한 일을 마무리했으니 나는 밥을 먹어야 했다. 단것이 당겼다. 옛날에는 그렇게 단것을 싫어했는데 나이가 드니 자꾸 단것이 당기기 시작했다. 항상 다니던 베이커리를 향해 가던 도중 달콤한 사과잼과 진한 계피향이 코를 찔렀다. 나는 그 냄새의 근원을 찾아 나섰고 그 향은 내가 다니지 않던 새로 생긴 베이커리에서 나오는 애플파이의 냄새였다. 나는 홀린 듯이 들어갔다. 다행히 앉을 수 있는 자리가 있었다. 나는 애플파이와 홍차를 시켰다. 뜨거운 애플파이에서는 아름다운 냄새가 났고, 한 입 베어 물었을 땐 혀부터 퍼지는 향과 풍미가 온몸을 감싸며 내가 살아 있음을 느끼게 만들어 주었다. 늦은 아침의 런던 거리는 생각보다 꽤나 괜찮다는 생각을 했다. '규율을 깨어 버린 덕분일까?'라는 생각도 하게 됐지만 생각을 더 이었다가는 어제와 같은 날이 될 것 같아 그냥 나는 눈앞에 있는 애플파이와 홍차나 온전히 즐기자 마음을 먹었다. 그저 애플파이 하나와 차 한 잔만이 나에게 큰 위로였다.

　나는 애플파이가 썩 마음에 들어 하나를 포장하여 매장을 나섰다. 집에 돌아가는 길에 교회가 보여 나는 잠시 서서 구경을 했다. 교회는 전야 행사를 하는지 아니면 크리스마스 당일의 준비를 하는지 여간 분주해 보이는 게 아니었다. 그중 어제 집에 찾아온 청년이 보였다. 청년은

　　　　　　　　　　　　　　어느 늙은 테일러의 구원

나와 눈이 마주쳤고 눈인사를 나에게 건넸다. 나도 그 인사에 같은 눈인사로 화답했다. 나는 잘못을 들킨 사춘기 소년마냥 몸을 돌려 다시 집으로 향했다. 집으로 돌아온 나는 옷을 갈아입고 서랍 안에서 먼지가 잔뜩 쌓인 성경책을 집었다. 먼지를 터니 기침이 나왔다. 사실 언제 마지막으로 펴 본 건지 기억도 나질 않았다. 나는 소파에 앉아서 첫 장을 폈다. 벌써 머리가 아팠다. 친구와 교회에서 만나자는 약속을 괜히 한 것만 같은 기분이 들었다. 나는 다시 책을 접어 두고 어제 만들던 코트를 집어들었다. 그것조차 성경책과 같았다. 아니, 성경책은 성스러우니 이건 잘못된 성경책이라는 표현이 더 맞을지도 모르겠다. 뭔가 오늘은 다 포기하는 날인가 싶었다. 어차피 포기하는 거, 나는 내일을 제대로 마주하기로 마음먹었다. 그러기 위해선 조금 쉬어야 했다. 오랜만의 구경과 흥분은 생각보다 이 나이에 지치는 일이었다. 그리고 내일의 압박감도 물론 상당히 지치는 일이었다. 그저 내가 지금 할 일은 낮잠을 자고 일어나 밥을 먹고 다시 잠드는 아주 간단한 일뿐이었다.

제3장

약속의 날이 왔다. 어제 많이 잔 탓인지 나는 아주 이른 시간 눈을 떴다. 마음과는 달리 나는 덤덤한 표정으로 창을 열고 환기를 시켰다. 매일 비슷한 하늘이지만, 하늘을 보니 다른 날과 달리 무척이도 흐린 것이 하루 종일 눈이나 비가 많이도 올 듯싶었다. 나는 씻고 면도를 하고 나갈 준비를 했다. 나는 조심히 옷장을 열었다. 부모님께 배운 것은 많이 없었지만, 어렸을 적 교회에 가는 부모님은 가장 아끼는 옷을 꺼내서 입고 나가셨다. 그리고 그것은 당연한 것이었다. 예전 일을 하며 재미있었던 것은, 일요일에 가장 좋은 옷을 입는 문화, 이탈리아 손님에게도 들은 적도 있었다. 먼 나라인 이탈리아에도 이런 문화가 있다니 재밌는 것이었다.

나는 내가 가진 가장 좋은 수트를 꺼냈다. 사실 세상이 좋은 것이라고 하는 것과는 다를 수도 있다. 비싼 원단으로 비싼 손이 만든 것이 좋은 것이다. 그것은 분명하다. 내가 만들던 것이 그런 것이니 말이다. 그러나 나이가 들어 옷장을 바라보고 있으니 그것을 꼭 좋은 것이라고 할 수 있을런지는 모르겠다. 이 수트는 내 스승이었던 마스터가 나에게 직접 지어 준 수트였다. 개인적으로 잘 만들어 놓은, 즉 내가 선정한 좋은 옷으로 가득 찬 옷장에서 가장 소중한 옷이었다. 물론 어폐가 있다. 이것은 좋은 원단과 좋은 손으로 만들어진 것이니 말이다. 하지만 오래된 이 수트가 주는 감정은 남달랐다. 나는 어릴 적 그가 수트를 짓던 그 손을 한참 동안 바라보았었다. 그의 가르침은 이 수트에 남았고, 그 또한 이 수트에 남아 있었다. 오랜만에 꺼낸 이 수트가 맞지 않을까 나는 노심초사 하며 먼저 셔츠를 걸치고 트라우저를 걸쳤다. 다행히 허리에 맞았다. 나는 조심히 브레이시스를 하고 넥타이를 했다. 그리고 웨이스트코트와 함께 회중시계를 조심히 주머니에 찔러 넣었다. 그 후 걸친 재킷을 비추는 거울은 나를 어린(사실 어리지는 않은) 시절로 돌려보냈다. 이 나이에 감상에 젖는 일은 없을 것이라 생각했지만, 떠오르는 스승님의 생각에 나는 거울을 바라보고 있을 수밖에 없었다. 나는 정신을 차리고 포켓 스퀘어를 재킷에 찔러 넣고 코트와, 타이랑 색을 맞춘 목도리를 걸쳤다. 어제 닦아 놓은 구두는 자신을 신어 달라는 듯이 나를 바라봤으며 나는 이에 기꺼이 응했다. 나는 그 자체로 영국인이었다. 어렸을 적 이 모습을 좇으며 새빌 로에 왔던 그 시간마저 몰려오는 노스탤지어의 아침이었다. 나는 더욱이 영국인을 완성시키려 모자걸이에서 모자를 들어 쓰고 챙을 한번 훑은 다음 장갑을 끼고 지팡이를 들며 문 앞에 섰다. 맞다. 이것이 내가 옷을 사랑한 이유였다. 이제는 평소보다 강렬해진 심장박동이 옷이 주는 설렘인지 오랜만에 가는 교회에 대한 두려움인지 잘 몰랐지만 나는 길을 나섰다. 그것이 지금 문 앞에서 내가 할 수 있는 유일한 것이었다.

역시나 약속 시간보다 너무 이른 아침이었다. 교회는 예배와 축제 준비로 바빴고 나는 이방인일 뿐이었다.

"오셨군요!"

그 청년이었다. 청년은 무엇이 그리 신나는지 웃으며 뛰어와 모자를 벗으며 인사를 했다.

"안녕하세요. 어제 눈도 마주쳤죠, 저희. 인사를 드리고 싶었는데 급하게 가시느라 인사를 못 드렸습니다. 죄송합니다."

나는 눈치 못 챘기를 바랐지만, 이 청년은 정확히 나를 봤던 것이 맞았었나 보다. 나는 눈인사까지 건넸음에도 거짓말을 했다.

"아닐세. 나는 마주친 줄도 모르고 있었어. 어제 친구랑 지나가며 교회가 단장하는 것을 잠깐 구경했었는데 그때 날 봤나 보구만."

"그러시군요. 그럼 들어가 계시죠, 날도 추운데."

청년은 웃으며 말했다.

"아니야. 내 친구와 이 앞에서 만나기로 했네. 친구가 하도 극성이어야지. 사실 나올 생각이 없었는데, 친구가 끈질기게 가 보자 하더군. 자네가 줬던 전단지가 그 친구 눈에 들어 정말 고생했다네. 그래도 덕분에 오랜만에 크리스마스 분위기를 느끼는 것 같구만."

내 목소리엔 약간의 신경질이 묻어 있었던 것 같다. 하지만 청년은 신

어느 늙은 테일러의 구원

경 쓰지도 않은 채 웃음으로 답했다.

"네. 그래도 추우시면 먼저 들어가 계시고 제가 친구분 오시면 안에 계신다고 전해 드리겠습니다."

"고맙네."

청년은 하던 일을 마무리하러 갔다. 사실 내가 청년의 환대와 배려에도 들어가지 않던 이유는 교회 안이라는 공간에 혼자 던져지기 싫어서였다. 나에겐 너무 어색하고 어렵고 피하고 싶었던 공간이라 그랬다. 그래도 어릴 적 생각이 나 나는 입김을 불며 생각을 떨쳐 내고자 추운 날씨만을 실감하려 노력했다. 지팡이로 돌 사이를 후비며 시간을 때우고 있으니 멀리서 우렁찬 목소리가 들렸다.

"자네! 일찍 왔구만!"

친구는 뛰는 것도 빨리 걷는 것도 아니지만 무척이나 빠른 걸음으로 다가왔다.

"자네 얼마나 설레었으면 이렇게 일찍 나온 건가?"

"설레기는, 부담스러워서 일찍 깬 것뿐이야. 천천히 준비한다고 했는데도 불구하고 일찍 나와서 얼마나 당황스러웠는지…. 자네도 조금은 일찍 나와서 다행이군. 들어가세."

"들어가긴, 이렇게 아름다운 교회를 두고 어찌 바로 들어가나. 좀 구경하고 들어갑세."

"뭐가 그리 아름답다고 그러나. 그래도 자네가 여행 왔으니 구경합세."

"자네는 예전부터 싫은 소리 다 하고 배려해 주는 습관이 있어. 어렸을 때부터 그랬지. 지금도 그렇구만. 자네 덕분에 이런 아름다운 교회를 구경할 수 있게 되었군. 고맙네. 아주 아름다워. 대도시는 다르구만. 아니, 대도시라서가 아닌가. 나는 대단한 눈은 없지만 이런 것을 볼 때면 감정이 먼저지. 자네와 같지 않나, 이건."

그는 웃어 보였다. 역시 나를 아는 것은 나에겐 친구뿐이 없다는 생각이 들었다. 은근히 감사했다. 우리는 교회를 둘러봤다. 그는 뭐가 그리 감사한지 매 걸음마다 멈춰 서서 기도를 했다. 나는 그런 그의 모습을 구경만 했다. 나에게는 낯선 모습이었다.

"자네는 무슨 기도를 그렇게 하나?"

"비밀일세. 비밀이야. 하지만 자네도 곧 알 수 있지 않을까 싶네."

"참 자넨 비밀도 많아. 이 나이에 무슨 비밀이야."

"신과의 대화인데 당연히 비밀이지. 자네는 나에게 소중한 사람이지만 신보다는 아래 아닌가."

그는 세상이 떠나갈 것같이 웃어 보였지만, 나는 씁쓸한 것 같은 웃음을 지었다.

"자네 말이 맞군. 지독할 정도로 맞아. 너무 지독해서 화가 나는군."

"이 세상에 자네를 놀리는 것 보다 재미있는 일은 없을 거야. 이제 구경도 다 했으니 들어가지."

"그러지. 출구만."

우리는 발을 옮겼다. 친구는 나에게 질문을 던졌다.

"자네, 근데 어떤 마음으로 왔길래 옷을 그리 힘줘서 입었나?"

"무슨 말인가, 그게. 나는 일을 시작한 이래로 제대로 입지 않은 날이 없네. 그리고 항상 내 규율 속에 입는다네. 오늘도 그런 규율 속에 지나

가는 하루일 뿐일세."

"이런. 또 한 번 놀리려고 했는데 오히려 진지해지기만 했군. 그런 의미의 질문은 아니었네. 그냥 농담이었지. 자네의 긴장감을 풀어 주려말이야. 사실 오늘도 내 고집 때문에 나온 것 아닌가."

친구는 교회의 문을 열며 말을 이었다.

"정말 아름답군. 정말 아름다워…."

"무엇이 그리 아름답나. 교회가 다 거기서 거기지. 얼른 자리에나 앉읍세."

"예술의 한 부분을 했던 사람이 그렇게 말해서야 되겠나! 이 감동은 느끼기 참 힘든 것일세."

"나도 알아. 근데 나는 이 분위기가 싫을 뿐일세. 옛날 기억도 나고 좋지 않았던 기억들도 나고 말일세."

나의 표정은 아마 매우 좋지 않았을 것이다. 친구의 표정이 미안함으로 가득 찼으니 아마 그랬을 것이다. 나는 다시 말을 이었다.

"좋은 날 계속 짜증만 내어 미안하군. 자네가 하도 부탁하여 왔지만 역시 교회란 공간은 나에게 좋은 기억으로 남아 있지 않네. 자네의 사정도 그렇고 나는 서툴러 위로도 잘할 줄 모르니 이게 최선이었을 뿐이야. 그래도 옛날의 기억이 그리 나쁘진 않구만. 늙은 것이겠지. 사실 그 기억들로부터 피하려 했던 것일 수도 있을 것 같아. 이제 그 기억에 남아 있는 사람들도 없으니 나도 오늘은 나를 용서해 볼까 한다네."

나는 말을 했지만 이 말이 어디서 나왔는지는 모르겠다. 용서라니. 그것도 나를. 친구는 나를 뚫어지게 쳐다보며 나지막이 속삭였다.

"역시 내 마지막 옷은 자네가 지어야겠어…."

나는 못 들은 척하고 대화를 이었다.

"자리에 앉지."

친구는 앉아 손을 모았다. 그리고 눈을 감고 기도했다. 일찍 와서 아무도 없는 예배당이었지만 그가 기도하고 있는 모습은 예배당이 꽉 차 보였다. 아니, 꽉 차 있다기보다 그만의 공간처럼 보였다. 그 공간이 꽉 차 보였다는 것이 더 옳은 표현이겠다. 예배당은 사라져 보일 정도였다. 나에게는 텅 비고 싸늘하게만 느껴지는 그 공간을 다르게 느끼는 친구의 모습이 신기하면서도 나는 존재하면 안 될 곳에 존재하는 그런 느낌이었다.

나의 부담감은 점점 심해지기만 하고 좋아질 기미가 보이지 않았다. 돌파구가 필요했다. 피난처일지도 모르겠지만 필요했다. 그러나 생각을 해 봤을 때 나는 이것을 피하기만 했다. 싫고 불편하다는 것이 그 이유였다. 친구에게 무의식과 같은 상태에서 용서하겠다는 나의 실언과도 같은 말도 떠올랐다. 그렇기에 나는 손을 모았다. 기도를 해 보고자 했다. 하지만 쉽지만은 않은 일이었다. 무엇을 기도할지 몰랐다. 어렸을 적 기억을 되살려 어머니의 기도를 떠올렸다. 어머니는 항상 사도신경과 주기도문을 외우셨다. 나는 모았던 손을 풀고 성경책을 가지러 가려 일어났다. 사도신경과 주기도문조차도 외우지 못한 날 위해 성경책 앞엔 그 두 기도가 적혀 있기 때문이었다. 친구는 내가 일어나는지

마는지도 모른 채 기도를 하는 것 같았고 일어서서 보는 친구의 모습은 어딘가 절박해 보였다. 나는 가만히 서 그 모습을 지켜보았다. 이 세상에 그 누가 절박하지 않겠나. 나도 그랬다. 나도 그때 신을 찾았다. 교회에서 울면서 기도도 해 보았다. 하지만 그 어떤 목소리도 들을 수 없었고 원하는 기도의 응답은 전혀 없었다. 나는 그래서 떠났다. 오히려 증오하는 마음이 컸다. 무엇을 위한 종교 생활이었을지는 몰라도 내 마음은 거기 있지 못했다. 나는 아무것도 할 수 없었고 나의 마음은 극으로 불안하고 고통스러웠다. 종교는 나의 그 무엇도 구원해 주지 못했다. 다들 나를 보고 죄인이다 떠들 뿐이었고 모든 것이 믿음이 부족해서 그렇다고 핀잔만 놓았다. 그리고 몇몇은 패거리를 형성하여 누구의 믿음이 좋네, 어떻네 했다. 나는 그때마다 '그걸 자기네들이 어떻게 알지? 보이는 행동만 좋은 것이 믿음인가? 아니면 내가 모르는 어딘가에서 인증을 받는 것인가? 왜 남을 자기들이 평가하지? 왜 패거리를 만들고 다른 사람을 무시하는 사람들도 있지?'라고 부정적이고 되바라진 생각만 했었다. 나의 상황과 남에 대한 나의 부정적인 시각이 나를 여태 배척했던 것이었다. 문득 '결국에는 다 나의 문제이지 않나?'라는 생각이 들었다. 사실 내 힘든 상황을 도와 달라고 빌었지만 이뤄지지 않는다는 것에 대한 배신감과 남의 평가나 전부 내가 만들어 낸 것이었다. 결국 나의 욕심과 나의 시각 때문이었다. 나는 싫어서 교회를 떠났지만 그건 결국 내가 싫은 것이었다. 무엇이 옳은지는 모르겠지만, '전부 다 신이 판단하지 않을까?'라는 생각이 들었다. 그냥 나는 교회가 아니라 사람을 피했으면 됐지 않았나 싶다. 친구의 절박해 보이는 모습은 나에게 많은 생각을 불러일으켰다. 나는 처음 일어났을 때와는 조금 다른 마음으로 성경책을 가지러 가려 발을 옮겼다.

"어디 가나, 자네?"

친구가 나를 멈춰 세웠다.

"성경책을 가지러 간다네. 자네가 기도하는 모습을 보니 나도 무언가 해야 할 것 같아서."

"그렇구만. 다녀오게. 나는 자네가 도망가는 줄 알고."

친구는 대답하며 웃고, 하던 기도를 이어 나갔다. 그 모습을 보니 해맑게 미소가 지어졌다. 성경책을 가지러 가는 길에 목사로 보이는 누군가와 눈이 마주쳤다. 제발 나에게 말을 걸어 주지 않았으면 했다. 하지만 그는 나에게 다가와 말을 걸었다.

"어르신, 처음 뵙는 것 같은데 처음 오셨나 봅니다."

나는 당황과 어색함을 급급히 숨기며 답했다.

"사실 한 60년도 더 전에 왔었지만, 기회가 되어 오랜만에 왔습니다."

"반갑습니다. 오늘 의미 있는 예배가 되길 바라겠습니다. 좋은 날 만나게 되어 감사합니다."

"네. 반갑습니다."

목사로 보이는 그는 미소를 띠며 목 인사를 하고 떠났다. 나의 예상과는 많이 다른 인사였다. 나는 일장연설을 생각했지만 그와는 아주 다른 짧고 반가운 인사였다. 족쇄가 떨어져 나가는 듯한 무언가 산뜻한 마음이 된 것 같았다. 성경책을 챙겨 자리에 다시 앉았다. 성경책을 펴고 주기도문을 읽기 시작했다. 이 나이에 부끄럽지만 이렇게 집중해서

한 글자 한 글자 읽은 것은 처음이었다. 어릴 적 어머니가 외우라 해서 글자만 외우는 것과는 전혀 다른 진심이었다. 처음으로 집중해서 해석한 그 주기도문엔 '나'가 없었다. 내가 방금 깨달은 것은 사실 너무나 가까이 있었던 것이다. 여태 나는 기독교를 잘못 알고 있었다. 더 나아가 나의 종교관이 잘못됐다고 생각도 들었다. 나의 종교관은 대피처이자 내가 원하는 바를 이루어 주는 것이었다. 하지만 주기도문에서 그것들을 찾을 순 없었다. 그러나 이것을 지금 깨달은 내가 후회되진 않았다. 나는 어린 시절로 돌아가도 똑같이 행동했을 것이고 이것을 알았다고 하더라도 내 믿음은 없었기 때문이다. 그냥 모르는 공식의 해법을 찾은 것만 같은 그 이상 그 이하도 아닌 그냥 그 정도의 쾌락일 뿐이었다. 나는 그 쾌락을 안은 채 주기도문만을 곱씹으며 기도를 하기 시작했다.

　얼마나 지났는지 모르겠다. 교회는 사람들로 가득 찼다. 각각의 다른 사람들은 자신들만의 모습으로 교회에 존재했다. 이런 다른 존재들이 종교라는 것으로 뭉치는 모습은 신기해 보였다. 예전에는 나 자신밖에 보지 못했기 때문에 남들을 보지 못했다. 사람들의 모습은 모두가 절박해 보였다. 이 절박은 부정적인 느낌이 아닌 긍정의 느낌도 들었다. 그 모습들을 보며 '나는 절박한가?'라는 고민에 빠졌다. 부정의 절박은 너무나도 쉬운 것이다. 부정적인 상황에서 긍정을 간구하는 것이 그것이다. 하지만 내가 느낀 긍정의 절박은 무엇인가. 나는 부정에서 절박했던 사람이다. 그러나 지금의 나는 절박이고 뭐고 다 떠나보낸 곧 죽음을 앞둔 늙은 할아버지일 뿐이었다. 근데 내 친구는 달랐다. 그는 절박했다. 나의 눈에는 그는 부정의 절박이 아니었다. 무엇이 그를 나와 다르게 했는지는 조금의 고민으로 해결이 되었다. 그건 이 교회라는 공간이었다. 나의 결론은 긍정의 절박은 기독교인이 가질 수 있는 것처럼 보인다는 것이었다. 그렇지만 나는 긍정의 절박을 무엇이 불러일으키는지 전혀 알 수 없었다.

나도 모르는 사이 찬양대원들이 자리를 채우고 오르간 소리가 울려 퍼지기 시작했다. 그리고 그 뒤로 여러 악기가 비어 있는 공간을 채웠다. 음악을 좋아하는 나에게는 오랜만에 느끼는 황홀감이었다. 나는 친구에게 말을 걸었다.

"좋군."

"무엇이 좋나."

"음의 살아 있음이 좋네."

친구는 나의 답에 미소를 지었다.

"이제 곧 찬양이 시작될 거야. 더욱 좋아질 일만 남았구만."

우리는 찬양의 시작을 기다렸다. 찬양대는 준비된 듯 조용해졌다.

"고요한 밤 거룩한 밤…"

아름다운 선율과 목소리가 합쳐지니 무언가 모를 벅참이 차올랐다. 나는 눈을 감고 찬양을 가만히 감상했다. 크리스마스라 그런지 캐롤과 같은 찬양들이 이어지고 그 수가 무척 많았다. 어렸을 적 기억으로는 두, 세 곡이면 끝나는 것이 그 이상으로 이어졌다. 음악이 끝났음에도 그 어떤 소리도 나지 않아 나는 눈을 떴다. 그 많던 찬양대원들은 뭐라도 결심한 듯 비장한 표정을 지으며 자세를 고쳐 서 있었다. 친구가 말했다.

"기대하게 되는군. 엄청난 것이 나올 것 같구만."

"뭔데 그러…"

빰!

내 말이 끝나기도 전에 음이 펼쳐졌다. 나는 속으로 외쳤다.

'베토벤!'

친구는 내 취향을 간파하며 말했다.

"자네가 가장 좋아하는 음악 아닌가, 베토벤의 교향곡 9번 4악장."

"맞네! 교향곡 9번의 4악장! 실러의 시지. 그 시는 너무나 아름다워. 그리고 희망차지! 베토벤은 어떻게 그것을 이리도 완벽하고 아름다우며 심지어 성스럽도록 표현했는지! 이 곡을 교회에서 들을 수 있을 거라는 생각을 하지 않았는데 이렇게 운이 좋을 수가."

친구는 선한 미소로 질문했다.

"오길 잘했지?"

나는 약간은 흥분한 목소리로 답했다.

"그렇고말고! 이건 정말 최고의 크리스마스 선물이네! 이제 조용히 들읍세."

"그럽세."

친구의 그러자는 대답은 들은 기억이 없다. 나는 어린아이마냥 신나서 들었을 뿐이었다. 음악이 끝나 가는 것이 너무나 아쉽게 느껴졌다. 찬양의 대서사가 마무리되며 예배가 시작되었다. 기도가 시작되었고 그 신나던 분위기는 성스럽게 변했다. 이어서 말씀이 이어졌다. 요한복음 12장 24절. 이는 죽음에 대한 말씀이자, 크리스마스에는 어울리지 않아 보이는 듯한 말씀이었다. 죽음이라니. 이 축복할 날에 죽음을 이야기하는 것은 무지한 나에게 어려운 일이었다. 하지만 말씀을 듣고 나니 내 생각은 바뀌었다. 이것만이 유일한 크리스마스를 기념하는 그런 말씀이었다. 나는 죽음에 대해 다시 생각하게 되었다. 이는 나뿐만이 아니었을 것이다. 내 친구는 말씀을 들으며 눈물을 훔쳤으니 내 친구 또한 그랬을 것임에 틀림없다. 나는 그래서 각오와 함께 친구에게 말을 했다.

"내가 자네의 마지막 옷을 짓겠네."

제4장

"갑자기 무엇을 깨달아서 그러나."

친구는 물었다.

"묻지 말게. 그런 줄만 알아. 예배와 인사가 다 끝나면 바로 내 집으로 가지."

"뭔지 모르겠지만 내 마음을 알아줘서 고맙네."

"됐네. 이 나이에 고마움은 무슨. 그리고 내가 유일하게 할 줄 아는 일 인데."

예배가 끝난 후 우리는 일어났다. 목사와 급하게 인사를 하고 나가려 는 찰나 누군가 나를 불러 세웠다. 그 청년이었다.

"예배는 잘 드리셨나요?"

"그럼, 잘 드렸지. 자네의 전단지 덕에 좋은 예배를 드릴 수 있어 감사 하네. 아, 맞군. 여긴 내 친구라네. 나와 같은 늙어 빠진 할아버질세."

나는 친구에게 말을 이었다.

"여긴 그 저… 전단지! 그 전단지를 준 청년일세. 이 친구 덕에 우리가 여기 와서 예배를 드리게 된 것이지. 서로 인사하게나."

어린 친구가 먼저 인사를 건네었다.

"안녕하세요."

"반갑네. 자네 덕에 이 고집불통인 노인네를 교회까지 끌고 올 수 있었구만. 하하!"

친구는 늘 그렇듯 박장대소해 보였다. 나는 조금은 탐탁치 못한 목소리로 말했다.

"자넨 또 시작이구만."

"사람이 바뀌면 죽는 법이야. 자네도 좀 웃지 그러나."

청년은 웃어야 할지 말아야 할지 어색한 표정으로 말을 했다.

"급하지 않으시다면 오늘은 크리스마스라 교회에서 식사도 성대하게 준비했는데 식사라도 하고 가시죠."

"아니, 나는 괜찮…."

"그럽세! 고맙네. 어디로 가면 되지?"

친구는 내 말을 끊었다.

"절 따라오시면 됩니다."

청년은 아주 밝게 웃으며 우리를 인도했다. 나는 가는 길에 어색함을 풀고자 청년에게 말을 건넸다.

"오늘 아주 바빠 보이는구만."

"바쁘지만 이렇게 즐겁고 감사할 수도 없습니다."

"그렇다면 다행일세."

금방 이야깃거리가 떨어졌다. 우리는 묵묵히 걸어 만찬이 펼쳐진 곳에 도착했다. 나는 놀라움을 금치 못하며 청년에게 말을 걸었다.

"교회에 있던 사람들보다 음식의 양이 많아 보이는데? 이걸 다 준비하려면 정말 힘들었겠구만."

"그래도 기쁜 마음으로 준비했습니다. 좋은 날이니만큼 온 동네 사람들을 위해 준비했어야 했거든요. 그리고 메뉴는 다르지만 항상 이 정도로 준비하고 도와주시는 분들도 많습니다. 또한 음식을 남기지 않고 모두 나누어 먹기에 일요일의 교회는 사실 동네를 위한 축제라고도 할 수 있죠. 그래도 오늘처럼 귀한 음식이 많진 않습니다. 오늘만큼은 예수님의 태어남을 축하하기 위해 저희가 평소보다 정성스럽게 준비를 했기 때문입니다."

"그렇구만."

"여기로 들어가시면 됩니다."

큰 연회장이었다. 그곳엔 수많은 음식과 식탁 그리고 많은 사람들이 있었다. 거기에 있던 사람들에겐 빈부가 보였지만, 그들의 됨됨이에서 그 차이를 느끼기에는 거의 불가능했다. 공간이 주는 힘이 느껴졌고 왜 청년이 동네 축제라고 이야기를 했는지 조금은 이해가 갔다.

"여기 빈자리에 앉으시죠."

"고맙네. 자네도 같이 식사를 하지 않겠나?"

나는 청년에게 같이 식사를 하자고 권했다.

"좋습니다. 그럼 같이 앉으시죠."

청년은 대답과 함께 자리를 맡은 뒤, 음식과 와인을 가져왔다.

"와인까지 있으니 더할 나위 없이 좋은 저녁이군."

친구는 와인을 보고 신나서 이야기했고 나는 그런 친구를 나무랐다.

"너무 신난 것 아닌가 자네?"

"오랜만에 보는 와인이라 그렇네. 자네도 이해 좀 해 주게나."

친구는 불평하듯 나에게 말했다.

"제가 잔을 채워도 될까요?"

청년은 조심스레 물었다.

"물론이지. 시간을 뺏어서 미안하네."

청년은 잔에 와인을 따르고 기도를 시작했다.

"하나님 아버지시어. 오늘도 이렇게 우리에게 일용할 양식을 주심에 감사합니다. 우리가 이를 우리만 즐기는 것이 아니라 많은 사람과 나눌 수 있음에 감사드리고, 우리의 죄를 사하려 하나님의 아들이신 예수 그리스도를 땅에 내리시고 예수님의 엄청난 고통과 죄 사함 덕분에 우리가 이렇게 자유롭게 찬양하고 예배드릴 수 있음에 믿어 의심치 않습니다. 우리가 그 고통을 알지는 못하지만 이렇게 기도와 예배를 드립니다. 항상 감사드리며 우리 주 예수 그리스도의 이름으로 기도드렸습니다. 아멘."

청년은 기도를 마치고 우리를 바라보며 말했다.

"이제 진짜 드시죠."

친구는 무언가 감동한 듯 말했다.

"남이 해 주는 식전 기도는 오랜만이군…. 아내가 죽은 뒤로 처음이야. 감동스럽구만. 고맙네. 맛있게 먹겠네."

친구는 말을 마쳤음에도 불구하고 포크와 나이프를 들고 멍하니만 있었다. 청년은 무언가 죄송한 표정을 지었기에 내가 분위기를 풀며 진짜 식사를 시작해야만 했다.

"자, 일단 잔부터 들지."

"네."

"그럽세."

와인은 무언가 내 몸으로 사무쳐 들었다.

"좋은 와인이구만. 이렇게 오랜만에 사람들하고 술과 음식을 마시니 뭔가 좋군."

우리는 시간 가는 줄 모르고 많은 이야기를 나눴다. 그중 서로의 사랑 얘기가 주를 이뤘다. 친구는 기분이 좋아져 자신의 부인과 만난 이야기와 부인을 보내기까지의 사랑 이야기를 장황하게 설명했다. 사랑의 이야기는 많은 술을 불렀으며, 친구와 청년은 나의 사랑 이야기를 듣고 싶어 했다. 친구는 알고 있음에도, 이렇게 순수한 사랑은 없다며 청년을 꼬드겨 내 입에서 사랑의 이야기를 나오게 종용했다. 분명 나를 골탕 먹이려 함에 틀림이 없었다. 나는 조심히 입을 뗐다.

"술을 마시고 취기도 올라왔겠다. 자네가 그렇게 원했던 나의 사랑 이야기를 들려주지. 그녀를 처음 만난 것은 24살이었어. 젠장! 70년이 다 되어 가는데도 아직도 그 감정만큼은 생생하군. 그날은 아무것도 없는 그냥 혈기왕성한 한 청년의 똑같은 하루였어. 그러나 저녁을 먹을 즈음인가…? 우연히도 그녀와 길에서 마주쳤지. 나는 믿지 않았던 현상을 그날 마주하며 믿게 되었고 한순간은 정말 무서웠어. 그녀가 고개

를 들어 나와 눈이 마주친 순간 온 세상이 멈추더군. 1초? 아니 그 1초
는 나에게 영겁의 시간이었지. 그녀만이 보이고 그 주위에 모든 것은
보이지 않았어. 전부 사라지고 그녀와 나만 존재하는 것 같은 기분과
'이 사람이 아니면 나는 안 되는구나!'라고 생각이 들더군. 이 오랜 시
간 수많은 것을 보아 왔지만, 그녀보다 아름다운 존재는 없었지. 그 아
름다움은 말로 어떻게 표현이 되질 않아. 쌍꺼풀 없는 눈에 오똑한 코
그리고 아름다움만이 뿜어져 나올 것 같은 입술과 그 동글동글한 얼굴,
그리고 무언가의 장미향. 내가 어떻게 그날을 잊을 수 있겠나. 그리고
그녀의 눈은 나의 전부를 담아 갔다네. 우주와도 같던 그녀의 눈을 내
가 피할 방법은 없었어."

나는 잔을 휘휘 돌리며 술에 비추어 부서지는 나를 보며 이야기를 계속
했다.

"그녀는 웃어 보였어. 내 심장은 땅바닥으로 떨어져 미친 듯이 떨렸
지. 그녀의 웃음에 살짝 올라간 광대와 입술 그리고 눈웃음이 얼마나
아름답던지. 그 웃음을 나는 평생 동안 옆에서 보고 싶었어. 그 웃음을
평생 만들어야겠다는 생각도 들었다네. 그러나 내가 너무 초라해 보
이더군. 나의 입술은 떨어질 줄 몰랐어. 그저 무언의 감탄과 숭고 앞에
경배하는 마음뿐이었지. 그래도 나는 말을 걸어야겠다는 생각에 무작
정 인사를 했다네. 그리고 장미향을 칭찬했지. 평생 꽃을 싫어했음에
도 그때만큼은 꽃이 좋더군. 그녀는 웃으며 이야기해 줬어. 운이 좋았
지. 우린 밤새도록 별을 보며 이야기를 했다네. 카펠라(Capella)…. 그
별의 이름은 카펠라였네. 포르투갈에서 칭하는 교회의 예배당과 같은

발음에 철자만 다른 그 카펠라라는 별을 나는 하나님께서 내려 주신 내 연인과의 인연이라고 생각했었지. 한눈에 사랑에 빠진 여자가 있는데 그녀와 바라보던 별이 카펠라라니. 자네들은 이 아름다운 우연이 이해가 가나? 나는 그때 무엇에 간절했는지 기억도 나지를 않지만, 한참 새벽에도 기도하러 교회에 다닐 때였어. 그래서 엄청난 선물을 내게 주신 줄 알았다네. 밤새 이어지는 이야기는 끝날 기미가 보이지 않았어. 그녀와 나누는 이야기와 그 시간은 아직도 내 인생에 가장 행복했던 순간이야. 그녀는 내 이야기에 웃고 나는 그녀의 이야기와 목소리에 심취되었다네. 님프와 같았던 것 같아. 님프가 부르는 노래가 그렇게 아름답다면 그건 필시 나에겐 그녀의 목소리라고 증명하고 싶었어. 그녀의 목소리는 그저 아름다운 음악이었거든. 나는 오늘 들은 베토벤의 교향곡 9번 4악장을 아주 좋아한다네. 하지만 그 이상의 숭고함이 그녀의 목소리엔 있었지…. 선명하진 않지만 지금 들리는 것 같구만…." 나는 눈을 감았다. 나에게 교회의 그 연회장은 너무나도 조용했다. 그리고 내 앞에 한 늙은이와 청년 또한 내 감정에 동조하듯 조용하였다.

"하지만 나는 이야기 중 그녀를 배려하지 못하고 내 마음을 전했다네. 나밖에 존재하지 않은 이기심이었지. 그럼에도 그녀는 이해해 줬어. 성숙했지. 나는 어렸고 말이야. 하여튼, 나는 그녀와 헤어지기가 싫었다네. 하지만 어느샌가 해는 뜨고 있었고 우리는 집으로 돌아가야 했어. 그리고 나는 용기를 내어 물어봤지. 혹시 오늘도 만날 수 있냐고 말이야. 그녀는 웃으며 좋다 했어. 세상은 내 것이었네. 그 순간만큼은 카이사르(Caesar)도 부럽지 않았어. 그리고 세상의 속물적인 것들은 전부 쓸모없었지. 나는 '어떻게 그녀를 행복하게 할 수 있을까?'에 대해서만 고민을 하며 집에 들어가 잠에 들었어. 그리고 그녀를 만나러 나가기 전 나는 옷장 앞에서 엄청난 시간을 보냈다네. 그러나 결과적으로 잘 입었던 것 같지는 않아. 그래도 그녀는 내 칭찬을 해 줬고 그녀에겐 내가 먼저인 것 같았어. 우리는 전날과 같이 동이 틀 때까지 이야기를 나눴고 그 이야기는 끝에 다다랐지. 그 이야기의 끝이 만남의 끝이라고는 생각도 못 했었네. 우리는 그날에 사랑을 주제로 우리의 미래를 이야기했거든. 헤어지는 순간 그녀는 나에게 굿바이 키스를 건넸어. 그 순간은 정말이지 머리가 멍해지며 구름 위를 나는 것 같았지. 아직까지 그 온기가 느껴질 때도 있어. 하지만 그것이 진짜 마지막일 줄은 꿈에도 모르고…. 나는 어린아이처럼 좋아했지만, 만나지 못하고 지나간 일주일 후에 그녀가 전한 유일한 말은 '그만 봤으면 좋겠다.'라는 말이었다네. 이제 나는 젊지도 않고 죽음만을 목전에 두고 살아가는 그저 처량한 노인네일 뿐이야."

침묵이 이어졌다. 청년은 나에게 질문은 던졌고, 친구는 잘했다는 표정으로 청년을 바라보았다.

"그럼 다른 사랑을 다시 해 볼 생각은 하지 않으셨습니까?"

"했지."

"근데 왜 혼자 사셨습니까?"

"나 혼자 했던 약속이 있어. 그녀를 평생 기다리기로 했지. 나의 기회는 썼으니 그녀의 기회가 있을 것이라 생각했네. 아주 이기적이고 오만하지 않나? 그리고 그 약속을 취소하려고 했지만…."

어느 늙은 테일러의 구원

나는 말을 잠시 멈췄으나 다시금 말을 이었다.

"자네는 '문득'이라는 감정을 알고 있나?"

"'문득'에 감정이 있습니까? '문득'은 순간 아닙니까?"

"'문득'의 감정은 갑자기 찾아오는 심장마비와도 같은 감정이야. '문득'이 다가오면 심장은 대못으로 박히듯 고통을 호소하게 되지…. 그 고통은 사라지는 것 같지만 사실은 남아 있네. 문득 스치는 그리움이란 고통은 나를 패닉으로 이끌지. 그 흉터는 사라지지 않는 법이야. 나는 그 흉터를 갖고 여태 '문득'과 마주해 왔기에 사랑을 하는 것을 포기했다네. 그 '문득'은 나뿐 아니라 주위에도 피해를 주기 때문이지. 그건 나의 의지와 관련이 없어. 내 자신을 행복하지 못하게끔 막는 것인지 아니면 행복으로 데려가 더욱 처절한 고통을 받게 하려는 건지 모른다네. 내 사랑은 아직 24살이야. 그렇기에 그 행복을 포기하기로 했네. 합리화를 시작했지. 세상엔 행복이란 없다네. 행복을 받아들이는 순간 생기는 불행과 행복 역치의 상승은 전부 욕심이 아닌가. 나는 진정한 사랑을 마주했었기에 그것이 가장 아름답다고 생각한다네. 그것이 인생의 전부이고 사실 살아갈 동력이었어. 나는 다 잃은 것 같았지. 골방에 박혀 내 일 빼고는 그 어떤 것도 하지 않는 인생이 몇 년이나 갔을 것 같나. 숨도 못 쉬게 괴로운 것은 4년이고 행복을 포기한 것은 64년이야. 내가 할 수 있던 것은 바늘을 잡고 미친 사람처럼 옷을 짓는 일밖에 없었네. 정말 그 어떤 것도 할 수 없더군. 나는 이 교회에서 매일같이 울며 기도를 했어! 제발 살려 달라고 말일세! 왜 이런 고통을 받을 수밖에 없냐고 말이야! 그때의 나는 정말 감당 불가능했지. 그리고 어떻게든 매달렸어. 내가 아는 전지전능한 신은 교회에 밖에 없었거든. 하지만 나는 한겨울 길바닥에 던져졌지. 아무리 기도를 해 봤자 그어떤 것도 이루어지지 않았어. 그냥 벽보고 소리치는 수준밖에는 되지 않았단 말일세. 길에서 단 한 번이라도 마주치기를 바랐지. 그 작은 소원마저 이루어지지 않더군. 그 초라함과 분노를 아나? 그로 인해 만들어진 나의 붕괴를 보던 사람들은 나를 건드리지도 못했다네. 숨만 겨우 붙은 사람이었으니까…. 그렇기에 나는 내 스승에게 갚지 못할 빚을 졌어. 그걸 다 받아 주셨으니 말이지…. 내가 그리도 간절했던, 나에게 밝게 빛나던 카펠라는 나에게 그 어떤 빛도 주지 않는 그저 죽은 별과 같아졌고 나는 그냥 망나니 정도밖에 되지 않았지…. 참 쓰레기 같은 놈이구만, 나는….”

청년은 분위기를 바꾸고자 어려운 미소를 띠며 말했다.

“그 설렘과 고통을 알 수는 없지만 24살의 언젠가로 돌아가신 것 같습니다.”

“농담 말게. 잠시 화장실 좀 다녀오지. 화장실은 어딘가?”

“저 문으로 나가셔서 오른쪽으로 가면 있습니다. 다녀오세요.”

“그러지. 고맙네.”

나는 비틀거리며 지팡이에 의지한 채 화장실로 향했다.

“오랜만에 너무 과음을 했군…. 나이 생각을 하지 못했어.”

나는 혼잣말을 중얼거렸다. 볼일을 다 보고 화장실에 다녀왔을 때 친구와 청년이 나를 보는 눈빛이 달라졌었다.

"무슨 이야기를 했길래 나를 그렇게 쳐다보나."

친구는 대답했다.

"과거 자네의 위대함을 이야기했지. 그리고 이 청년의 이야기도 들었고 말이야."

나는 다시 물었다.

"무슨 이야기 말인가?"

"자네가 대단했던 테일러였다고 이야기했지."

"아니야. 나는 그렇게 대단한 사람이 아니었어. 내가 그렇게 대단했다면 내 매장을 열었겠지. 나는 대단하지 않았어."

"그것도 다 자네 고집이 아니었나?"

친구의 마지막 질문을 나를 꿰뚫었다. 그리고 친구는 청년을 바라보며 말을 이었다.

"저 친구는 사실 대단한 사람이었어. 새빌 로에 오는 사람의 대부분은 저 친구에게 옷을 지으러 온 사람들이었지. 그의 옷은 유려하고 고집스러웠으며 모든 사람들을 각각의 사회에 최고의 모습으로 위치하게 만들었다네. 그것이 얼마나 힘들고 어려운 것인지 자네는 알 거야. 근데 나도 모르네. 왜 저리 골방에 늙은, 다 포기한 할아버지처럼 박혀 있는지는. 심지어 과거 또한 다 부정하며 있는지는 정말 알다가도 모를 일이야. 그놈의 고집이 뭔지. 그 이유는 말해 주지도 않네."

"이유는 아까 설명하지 않았나. 나는 내 스승을 뛰어넘을 수 없어. 나는 나 같은 망나니는 받아들일 수 없단 말이지. 그 성인(聖人) 같던 내 스승의 모습은 내가 따라잡을 수 없었다네. 내가 스승의 기술과 인간성을 겨자씨만큼도 따라잡지 못했는데 그게 어떻게 가능한가. 나는 그리고 빚을 갚기도 해야 했고… 그래서 그런 걸세…. 그리고 자네는 이야기를 과장하는 것이 있어. 다 나에게 옷을 맞추러 왔다니 말도 안 되는! 나는 그저 옷 짓는 사람 중 한 명이었을 뿐이야. 대단하지도 않았어."

내 비아냥이 끝나자, 청년은 물었다.

"그렇다면 질문이 하나 있습니다. 옷을 짓는 것은 어떤 의미셨습니까? 그저 도피처였습니까?"

"아니. 나에게는 그것이 기도였고 그것이 나에게 남은 유일한 사랑이자 책임감이었으며 그것만이 나의 유일한 숭고함이자 속죄였어. 나는 내 스승에게 배운 것을 녹여내야 했고 정직해야 했지. 그 안에서 내가 만드는 것들에 자부심이 있었지만, 솔직하게 말하자면 여태 완벽한 옷을 지은 적은 없는 것 같네. 아…. 이것도 내가 매장을 내지 않은 이유 중 하나였어. 완벽한 옷은 존재할 수 없을 것 같았지. 손님들은 최고라며 다들 만족하며 나갔지만, 나는 자책했어. 무섭더군. 그럴수록 더 바늘을 잡았지만 내 마음에 완벽한 옷은 여태 한 벌도 없었네. 손님들이 들으면 아주 실망할 말이지. 그렇기에 나는 더욱이 대단하지 않아. 나는 그 끝없는 죄책감 속에서 결국 도망쳤다네. 그 시작부터 잘못된 분노를 이길 수 없었어. 어렸을 적에 죽는 날까지 바늘을 잡고 싶다고 했지만, 합리화하던 죄책감에 나는 도피했어. 근데 그런 나에게 이 친구가 이제 와서 자신의 마지막 옷을 지어 달라고 하는 것이 아닌가? 공짜로 옷을 지어 달라니 욕심도 많지. 하하. 나는 거절했지만 오늘 설교를 듣고 깨달은 것이 있어. 나는 살아 있으니 죽은 자가 될 수 없었던 것이야. 죽은 자가 되어야만 죽을 수 있는, 죽어야만 생명을 꽃피우는! 그리고 죽는 날까지 바늘을 잡겠다던 그 욕망이 끓어오르고, 내가 할 수 있는 일을 내 자리에서 끝까지 하며 베풀어야겠다는 생각을 했네. 나를 죽여야 하는 것이지. 나는 여태 현실을 도피하며 나를 죽였다고 생각했지만 그건 죽은 것이 아니었어. 그렇기에 이 친구한테 옷을 지어 주기로 했네. 이 감정이 어디까지 이어질지는 몰라. 그리고 언제 죽을지도 모르지. 그래도 해야 할 것만 같은 생각이 들었다네. 아까 친구가 어떤 마음의 변화가 있었냐고 물었지만 나는 까탈스럽게 얘기해 주지 않았지. 하지만 언젠간 말할 것이었고 그 시간도 우리에게는 얼마 남지 않은 것 같아 지금 이렇게 속 시원하게 말하니 마음이 편하군. 그리고 며칠 전 이야기한 것과는 달리 온전히 내 진심을 말할 수 있어 속이 시원하기도 하고 말이지. 나는 멋쟁이들을 위하여 옷을 지었지만 지금 생각하니 내가 지은 옷들은 사실 다 거짓인 것 같아. 그게 내 자존심이었지만 내가 나를 죽이지 못한 것이지 않나? 다 내 자위였을 뿐이야. 손님들이 만족하며 나가고 다시 찾아올 때 나는 내 자신을 합리화하기도 했지. 나는 정직하게 일했다고 했지만 사실 정직하지 못했을 수도 있겠어. 며칠 전 이 친구는 나한테 그런 이야기를 했다네. 분노로 옷을 짓지 않았냐고 말이야. 맞아. 나에 대한 엄청난 분노지. 부조리를 이길 수 있는 방법은 모두 다 꿰매어 가리는 것뿐이었어. 그 분노를 들켰을 때 얼마나 창피했는지…. 옷 짓는 일은 사랑이었지만 사랑을 표현하지도 못했어…. 내 말과 행동들은 너무나도 다른 것이 많구만….

술을 많이 마셔서 그런가…? 이제 슬슬 일어나지. 오늘은 글렀고, 자넨 내일 꼭 내 집으로 오게나. 몸 치수를 재야지. 나는 한 입으로 두말은 하지 않아."

청년은 나를 보며 조심스럽게 물어봤다.

"혹시 저도 내일 가서 공부를 좀 해도 되겠습니까?"

"자네가 와도 그렇게 배울 것은 없을 텐데…?"

"아닙니다. 꼭 한번 옆에서 보며 배우고 싶습니다."

"치수만 재는데 뭘 배울 게 있겠나."

"아닙니다. 사람의 몸을 해석하는 것부터 배우고 싶습니다."

"그럼 둘 다 내일 오전 9시까지 오게나."

청년은 신이 난 얼굴로 그리고 약간은 상기된 목소리로 답했다.

"감사합니다! 내일 뵙겠습니다."

나는 비틀거리며 일어났다. 하지만 친구는 일어나지 않고 나를 바라보며 말했다.

"먼저 일어나게. 나는 이 청년과 조금 더 대화를 해야겠어. 그리고 내일 만들게 될 옷은 사랑으로 지어지길 바라네. 나를 향한 사랑이 아닌 자네를 향한 사랑으로 말이야. 자네가 그렇게 부조리하다고 소리쳤던 그 신이 자네가 다시 바늘을 잡게 만들다니. 이거 정말 신기한 일 아닌 가? 아직 그 신인 하나님 아버지께서는 자네를 포기하지 않으신 것 같 네. 그리고 마지막으로 정말 고맙네. 정말 고마워…. 내 기도를 들으신 것 같구만…. 나도 자네가 솔직히 말했으니 말을 해야겠네. 내가 아까 한 기도는 자네가 사랑으로 다시 나아가길 바랐던 것이야. 근데 그 기도를 들어주신 것 같군. 이 또한 감사할 일일세."

"자네도 취했구만. 됐네. 내일 봄세."

나는 그 말을 마지막으로 친구와 청년을 등지고 비틀거리며 교회에서 나왔다. 교회에서 나와 쳐다본 하늘은 아침과 같이 먹구름이 깊게 끼어 있었다. 그러나 비도 눈도 내리지 않았다. 아침부터 그랬음에도 불구하고 무엇도 내리지 않았다. 내심 나는 무언가 내리기를 바라고 있었나 보다. 그렇기에는 맥(Mac)도 입고 나오지 않은 나는, 흥분하여 우산조차 챙기지 않은 나는 상당히 앞뒤가 맞지 않았다. 생각해 보니 내 친구는 맥을 입고 있었다. 나는 내 규율만 집중한 것이었다. 그 고지식한 규율 안에 놓치고 있던 것이 많았다. 옳은 삶임에도 불구하고 언젠가부터 나는 그것을 놓치고 있었나 의문이 들었다. 내 친구가 나보다한 수 위였다. 그는 진심으로 그의 삶을 살고 그의 삶을 녹여 내고 있었다. 나는 또 나의 부족함을 깨달으며 집으로 향했다. 온 거리는 가족들의 웃음으로 가득 찼다. 나도 진심으로 원했던 것이다. 사랑의 궁극의 모습이라고 생각했다. 너무나도 초라해진 모습으로 나는 집에 들어가 옷을 정리하고 씻었다. 그리고 그냥 물만 벌컥벌컥 마신 채 널브러져 잠에 들었다.

제5장

다음 날 나는 숙취와 함께 잠에서 일어났다. 오랜만의 숙취라 힘들었지만 꾸역꾸역 일어나 물을 들이켰다. 아직 이른 시간이었지만 어제 한 약속도 있으니 오늘은 여러 가지를 일찍부터 준비해야 했다. 일단 나는 재단대를 깨끗이 치웠다. 그리고 그 위에 문진과 나무 자, 다리미, 초크, 초크 갈이, 가위를 준비해 두었다. 그리고 얼른 씻고 수트로 옷을 갈아입은 뒤 빵을 오븐에 넣고 물이 끓기를 가만히 앉아 기다렸다.

툭!

오늘의 신문이 온 모양이었다. 나는 신문을 들고 들어와 펴고 앉아 홍차를 내리고 안경을 썼다. 바보같이 오븐에서 빵을 꺼내지 않아 다시 일어나 빵을 접시에 담고 다시금 고쳐 앉았다. 아직 손님들이 오려면 시간이 남았으니 나에게는 여유롭고 평화로운 시간이었다. 나의 루틴에 시작되는 아침은 실로 오랜만이었다. 옛날에는 매일같이 하던 일이 오늘만큼은 오랜만이어서 그런지 상당히 새롭게 다가왔다. 이를 깨달으니 시간은 가지 않고 무언가 떨려 오기 시작했다. 나는 괜히 자리에서 일어나 재단대로 향했다. 내 물건들을 다시 보기 위함이었다. 지금의 나에겐 내 옷이 아닌 남의 옷을 만드는 일은 그만큼 부담스러운 일이었다. 나는 부담감을 이기고자 하나하나 손으로 어루만지며 기도했다.

'다시금 창조에 정직한 모습을 불어넣어 주길….'

그리고 가위를 만지작거리며 재단대에 앉아 허공을 잘랐다. 사실 무의식적으로 허공을 자르는 것은 나의 죄책감을 자르는 행위였던 것 같았다. 가위는 나의 마음을 알아들었는지 묵직한 잘림으로 보답했다.

띵동-

도어벨이 울렸다. 나는 몸을 일으켜 문으로 다가섰다.

"누군가?"

"접니다, 선생님."

청년이었다. 선생님이라는 호칭은 어색하게 들렸지만 이는 분명 어제 친구의 말 때문임이 틀림없었다. 나는 문을 열어 주었고 청년은 누군가의 빛으로 빛나는 듯하였다.

"아, 자네군, 일찍도 왔구만. 자네가 먼저 왔네. 얼른 들어오게나."

청년은 조심스레 들어왔다.

"코트는 여기에 걸고 저기 일단 식탁에 앉지. 식사는 했나? 아님 차라도 들겠나?"

"식사는 하고 왔습니다. 차 한 잔 주시면 감사드리겠습니다."

"벌써 내 집에서 두 번째로 마시는구만, 하하."

"어쩌다 보니 그렇게 되었네요. 영광입니다."

나는 차를 준비하며 청년은 바라보지도 않은 채 질문을 했다.

"내가 뭐라고 영광일게 다 있나. 근데 자네는 이 일을 한 지 얼마나 되었지?"

"이제 햇수로 15년째 되어 갑니다."

나는 놀라 뒤를 돌아봤다.

"아니, 그렇게 앳된 얼굴을 가지고 있으면서 벌써 15년이나 일한 것인가? 나이가 몇인데 그 정도로 일했나?"

"제 나이는 30입니다."

"그렇군. 일찍도 시작했구만. 그렇게 오래 일을 했다니 내가 더 부담되는군."

"아닙니다. 저는 아직 햇병아리일 뿐입니다."

"겸손은 됐네. 자, 일단 여기 차부터 마시며 몸 좀 녹이게나."

"감사합니다."

"아니, 전단지를 나눠 주던 때와는 다르게 왜 이리 긴장을 하나. 제발 그때와 똑같이 대해 주게."

"제가 어제 그런 이야기를 들었는데, 그게 사람으로서 어떻게 가능합니까."

"아니, 그런 게 어디 있나. 우리는 전부 이름 없이 세상에 나오지 않았나. 다 똑같은 존재일 뿐이야. 내가 어떤 사람이었고는 전혀 중요하

어느 늙은 테일러의 구원

지 않아. 제발 편하게 대해 주게. 컵에 티를 바로 내려 버리기 전에 말이야."

"알겠습니다. 노력해 보겠습니다."

침묵이 이어졌다.

"자네의 노력은 침묵인가…? 뭐 궁금한 것은 없나?"

"조금 무례할 수도 있는 말이지만, 처음에 이 집에 왔을 때는 이 큰 집에 혼자 사시는 것이 이해가 되지 않았습니다. 하지만 어제 이야기를 들으니 그 모든 것이 이해가 갑니다."

"늙은 노인이 혼자 살기에는 큰 집이긴 하지. 관리하는 게 어려워 골칫거리이기도 하고 말이지."

또 다른 침묵이 이어졌다.

띵동—

침묵을 깨우는 도어벨이 울렸다.

"드디어 왔구만!"

나는 신나서 외치며 문을 열었다.

"자네 왔는가!"

"깜짝이야! 어제도 봤으면서 뭐가 그리 반가운가, 자네는. 하여튼 반갑네."

우리는 포옹을 했다.

"청년이 먼저 왔는데 어색해 죽을 뻔했네. 분명 저러지 않는데 왜 저러는지 모르겠어. 나를 대하는 태도가 완전히 바뀌었던 말일세. 자네 어제 내가 간 뒤로 무슨 이야기를 더 한 것이야?"

"자네 얘긴 더 한 것이 없네. 하하. 같은 직종에서 자네가 존경스러웠나 보지. 됐고 얼른 들어가세. 언제까지 문 밖에 세워 둘 것인가."

"아! 미안하네. 얼른 들어가지. 얼른 옷을 정리하고 저기 앉게나. 차 마시겠나? 내려놓은 것이 아주 많아."

친구는 옷걸이에 옷을 정리하며 대답했다.

"감사히 마시겠네."

"안녕하세요."

청년은 인사했다.

"일찍 와서 저 늙은이를 괴롭히고 있었다고 들었네. 잘했네. 잘했어. 하하하."

"아닙니다. 저도 어떤 말을 해야 할지 모르겠어서…."

"어른이랑 있으면 다 그런 법이지. 심지어 업계 대선배에 전설적인 사람이니 말이지, 하하하."

친구는 고약하게 나를 또 놀렸다. 나는 약간은 체념한 듯한 목소리로 답했다.

"헛소리 말게. 늙으니 헛소리만 늘었구만."

"알겠네, 알겠어. 내 오늘 선물을 받으러 왔으니 참지!"

뻔뻔한 당당함이었다. 친구는 자리에 앉아 차를 마시며 본론을 이야기했다.

"치수는 언제 잴 것인가?"

　　　　　　　어느 늙은 테일러의 구원

"일단 이야기 좀 하지. 물어볼 것이 많아. 자네는 일단 원하는 스타일이 있나?"

"아니, 전부 자네에게 맡기겠네."

"아까 농담보다 고약하구만…. 일단 그럼 원단부터 보지. 사실 집이라 원단이 많지는 않네. 그래도 일단 보지."

"그러지."

나는 청년과 친구를 데리고 원단과 재단대가 있는 방으로 갔다. 친구는 놀란 표정으로 나에게 물었다.

"이 정도로 집에 준비해 놓는 것인가?"

"내가 할 줄 아는 게 이것뿐이 더 있어야. 일을 그만 두고 너무 허전하여 가져다 놨다네. 사실 며칠 전 내 옷을 만들려고 하기도 했고 말이지."

"그 옷은 볼 수 없겠나?"

"그러지. 여기 어디 치워 놨는데…."

나는 거적때기와도 같은 반쪽짜리 옷을 보여 주었다.

"이 원단으로 하겠네."

친구는 말했다.

"저도 이 원단이 좋아 보입니다."

뒤에 있던 청년도 거들어 말했다. 나는 의아해하며 물었다.

"왜 이 원단을 원하나? 그리고 자네는 이 원단을 왜 추천하나?"

친구는 진중하게 답했다.

"내가 문외한이기는 해도 자네가 만든 이 옷의 한순간은 상당히 위대해 보이는군… . 그리고 주제 넘는 말이겠지만 그것은 자네가 이 원단을 완벽히 이해하고 있다는 의미겠지… . 게다가 자네가 골라 놓은 원단이니 더 이상 뭐 할 말이 더 있겠나?"

"저도 그렇게 생각합니다."

청년은 친구의 대답을 거들었다. 나는 홧김에, 그리고 무아지경의 감정으로 만든 이 옷이, 아니 옷이라고 부를 수도 없는 거짓을 느낀 이것이 이 정도의 인기를 얻을 줄은 몰랐다. 나는 부끄러웠지만 뭐 달리 할 말은 없었고, 그냥 부끄러움을 숨기기 급급했다.

"그럼 이 원단으로 하지. 마음에 들어 넉넉하게 사 놓기를 잘했구만. 사실 저 원단으로 수트 5벌은 더 만들 수 있네."

"자네 성격도 진짜 특이하군. 뭐 그리 많이 사 두나."

"직업병이야, 직업병. 그럼 이제 치수를 재는 게 어떻겠나?"

"그럼 잠시만 기다리게. 줄자를 좀 챙겨야 해."

나는 줄자 두 개를 목에 건 채 다이어리와 연필을 챙겼다.

"여기 거울 앞에 서게나."

친구는 거울 앞으로 와 약간은 긴장한 듯 섰다.

"그리고 이 다이어리와 연필은 자네가 좀 들고 내가 말하면 적어 주게나."

나는 청년에게 다이어리와 연필을 건넸다. 청년은 조심스럽게 다이어리와 연필을 받아 들었다.

어느 늙은 테일러의 구원

"일단 몸에 힘을 풀게. 가장 편한 자세로 서 있게나."

"친구가 내 몸을 측정한다니 기분이 이상하군."

나는 집중했다. 그의 몸을 정확히 기록해야 했다. 오랜만에 잡는 줄자이지만 줄자를 잡을 때면 책임감이 늘어나는 것은 항상 같았다. 나는 조심스럽게 줄자를 친구의 몸에 대기 시작했다. 그리고 친구의 몸 구석구석을 측정하였다. 친구의 몸은 조금은 긴장되어 있었다. 그럼에도 나는 농담을 던질 수 없었다. 그것이 내가 이 일을 대하는 태도였다. 나는 청년과 눈빛을 교환하며 세세하게 정보를 전달했다. 청년의 얼굴에는 집중하는 눈과 수많은 질문들이 보였지만 나는 애써 무시한 채 나의 일을 묵묵히 이어 나갔다. 어깨부터 다리까지 모든 치수를 다 재니 꽤나 많은 시간이 지나 있었다.

"전부 빠짐없이 적었나?"

"네, 다 적었습니다."

"좋아. 측정은 끝났네. 내가 조금 오래 고민하며 여기저기 꼼꼼하게 치수를 재는 버릇이 있어. 그래서 꽤나 오래 걸리는 편이지. 아마 둘 다 서서 가만히 있느라 힘들었을 거야. 고생했네."

친구는 미소를 지으며 이야기했다.

"자네는 줄자를 드니 눈빛이 바뀌는구만."

나는 사실 내 모습을 모른다. 그저 할 일을 당연히 해야 하는 모습으로 했을 뿐인 나에게 저런 말이 들리니 부끄러울 뿐이었다.

"됐네. 근데 진짜 전부 나에게 맡기는 것이야? 아무 상담 없이?"

나는 그 정도의 질문밖에는 할 수 없었다. 친구는 말을 이었다.

"맞네. 전부 자네에게 맡길 것이야. 생각해 보니 내가 자네에게 옷을 지어 본 적이 단 한 번도 없구만. 아주 새로운 자네의 모습을 보았어. '조금 더 일찍 받았으면 어땠을까?'라는 생각도 하게 만드는 멋짐이구만."

"됐네, 됐어. 자네가 적은 것 좀 보지."

나는 얼른 대화 주제를 바꿔야 했다. 나는 청년이 적은 다이어리를 건네어 받았다.

"정확하구만. 고맙네. 근데 자네는 오늘 출근은 안 하나? 내가 너무 무례하게 부른 건 아닌가 싶네."

"아! 그거라면 괜찮습니다. 운이 좋게도 오늘까지 휴가를 받았습니다."

"그렇다면 다행이군. 사실 배울 것도 없는데 괜히 와서 고생만 해 주었구만. 고맙네."

"아닙니다. 많이 배웠습니다. 감사드립니다."

"뭐 한 것도 없는데 그러나."

친구는 장난기 가득한 얼굴로 청년에게 물었다.

"무엇을 배웠나?"

"태도를 배웠습니다. 사실 요즘 매너리즘에 빠져 있었습니다. 하지만 오늘 선생님께서 몸의 치수를 재는 모습과 이 일을 대하는 태도를 보고 개인적으로 깨달은 것이 많습니다."

청년의 눈에서는 조금의 복잡함이 보였다.

"그래, 뭐라도 배웠다고 하니 내 마음이 편하구만. 뭐, 자네도 배우면서 많이들 봤을 테지만 아마 내 나이가 있어서 그런지 더 감흥이 컸던 것처럼 보이네. 다 비슷했을 거야. 자네의 스승도 나와 같을, 아니, 더 위대할 것일세."

나는 대답했고, 친구는 어떻게 말할 줄 모르는 청년을 위해 대화를 이어주었다.

"맞아. 나이가 주는 무언가가 있지. 동의하기 싫어도 동의할 수밖에 없는 나이라는 게 서글프구만."

청년은 이 대답에 답했다.

"그 나이가 주는 무언가라기보다는 그 나이까지 한 직업을 이어 나가고 그것을 마주하는 태도 자체에 많은 것을 느꼈습니다. 사실 최근 '이 일을 계속 이어 나가야 하나?'라는 생각에 많은 고민을 했습니다. 우리의 손보다 공장에서 나오는 옷이 더욱 가치가 높아지고 있으니까요. 그런 옷의 수요는 늘어날 테고, 우리는 점점 잊히고 찾아오는 사람들도 줄어들 텐데 이 일을 계속 해야 하나 하는 생각이 들었습니다. 그러다 보니 이 일에 회의감이 몰려오더군요. 하지만 오늘 제 태도에 반성하게 됐습니다."

맞는 말이다. 이 시장은 지금 르네상스 이래 최고의 위기에 봉착하였다. 나도 그것을 시간이 지날수록 진하게 느꼈다. 나는 나의 생각을 전해야 했다.

"맞는 말이야. 너무나도 맞는 말이지. 아마 시간이 지날수록 우리는 잊혀질 수도 있어. 그래도 우리는 괜찮을 정도야. 여성복의 경우 그것이 더욱 심하고 빠르게 나타날 걸세. 나는 예전에 에스파냐(España) 출신의 어느 디자이너의 옷을 우연히 본 적이 있네. 재단 실력이며 패턴을 만드는 것이며 바느질 실력이며 타의 추종을 불허하더군. 실로 아름답고 우아하며 마치 건축물 같기도 했지. 나는 항상 옷은 땅이 아닌 사람 위에 짓는 건축이라고 생각해 왔다네. 그중 그가 이룩하는 우아함은 새로운 시대를 여는 건축물 같은 느낌이었지. 내가 여성복엔 문외한이지만 그가 이룩한 것은 실로 위대함에 틀림없어. 아마 그런 위대함을 이룩하는 사람은 이것을 더욱이 느낄 거야. 하지만 그나 우리나 장인이야. 재단대 위에 앉아 원단들과 마주하며 시간을 보낸 이름 모를 수많은 스승들이 이어 온 가치는 절대 한순간에 사라지지 않을 것일세. 우리는 그것을 잇는 자들이고 말이지. 새빌 로를 보게나. 저 위대한 사람들의 모습을! 그들은 순례자마냥 자신을 갈고 닦지 않나. 기계는 그것을 할 수 없어. 사업가들은 수지타산을 따지기에 더더욱이 못 할 일이지. 우리들이 만든 세상, 지켜 온 이 세상을 너무 과소평가하지 말게나. 100년이 가도 1000년이 가도 우리들은 똑같이 순례자의 모습을 띤 채 재단대에 앉아 옷을 만들 걸세. 암! 그렇고말고! 잊지 말게나. 자네가 흔들릴 때면 자네 자신을 믿게. 그것도 아니라면 인류의 오랜 역사에 그랬듯 선생들의 말을 들으면 더욱이 좋지. 자네 혹시 토마스 칼라일(Thomas Carlyle) 선생을 알고 있나?"

"모릅니다."

"그럼 이리로 오게나. 좋은 책이 있어. 나는 그 책의 마지막에서 구원받은 적이 있지."

친구와 청년은 조심스럽게 나를 따라왔고, 친구는 놀란 듯 말했다.

"엄청난 양의 책들이군."

"혼자 살다 보면 적적하고 우울하며 고민만 많아질 뿐이야. 공부가 짧은 나는 내 고민을 같이 해 줄, 그리고 풀어 줄 책들이 많이 필요했고 읽어야 했네. 그리고 그것이 내 옷에 표현되기를 원하기도 했지. 음….

여기 있구만. 한번 읽어 보게나. 아마 도움이 될 것이야."

나는 청년에게 책을 건넸다.

"감사합니다. 저는 오늘 받고만 가는 것 같습니다."

"아닐세, 아닐세. 오늘 옆에서 나를 도와주지 않았나. 그것도 황금과도 같은 휴일에 말이야. 보답일세. 다 읽으면 아무 때나 다시 가져다 주게."

"네, 그렇게 하겠습니다. 정말 감사드립니다."

"그렇게 예의 차리지 않아도 되네. 결국 우리는 같은 것을 잇는 자들 아닌가. 자, 그럼 오늘 둘 다 수고가 많았네. 내 고집에 어울려 주느라 힘들었을 거야. 자네는 계속 호텔에 있는 것인가?"

"그렇다네. 자네가 부탁을 들어준 이상 아마 호텔에서 1월 말까진 있을 것 같군."

"돈 아깝게 왜 그러고 있나. 그냥 내 집으로 들어오게. 남는 건 방뿐이야. 그리고 피팅(fitting)도 편하게 하고 얼마나 좋나. 그냥 짐 다 옮겨오게나."

"그럼 1월 1일까지만 호텔에 있겠네. 그때 더 연장할까 했거든."

"좋아! 그럼 그때까지 방을 정리해 두도록 하지. 아니, 근데 벌써 12신가? 점심은 어떻게 할 텐가? 다들 같이 먹지 그러나. 나가지. 내가 사겠네."

"좋네, 자네가 산다는데 가지 않을 이유도 없지. 그리고 남는 것이 시간뿐인걸. 이 늙은이들과 밥 먹는 것이 부담스럽지 않다면 자네도 같이 가지."

"전혀 부담스럽지 않습니다. 그럼 감사히 따라가겠습니다."

"좋군! 다들 준비하고 나가지. 내가 좋아하는 식당이 있네. 거기로 가지."

우리는 같이 집을 나섰다.

제6장

"날이 참 춥군. 런던의 겨울은 너무나도 가혹해. 이탈리아의 나폴리라
는 도시는 그렇게 날씨가 좋다던데 가 본 적이 없구만. 이전에 나폴리
에서 온 손님이 나폴리에 대해 그렇게 이야기하고 꼭 나폴리에 오라고
했었는데 기회가 한 번도 안 올 줄은 누가 알았겠나."

"그러게 말일세. 나도 꼭 한번 가 보고 싶었는데 가 보질 못했네."

친구와 나는 그렇게 투덜거리며 식당으로 향했다. 추위를 뚫고 도착한
식당은 그 어떠한 곳보다도 따뜻하게 우리를 맞이했다.

"어서 오세요. 오! 또 오셨군요."

"반갑네. 오늘은 3명일세. 자리 있나?"

"물론입니다. 따라오시죠."

"고맙네."

"여기로 앉으시죠."

"고맙네. 아, 바로 주문해도 될까? 그리고 미안한 부탁을 하자면, 점심
이지만 저녁 메뉴도 혹시 주문이 가능한가?"

"제가 셰프에게 한번 여쭤보고 오겠습니다."

"무리한 부탁을 해서 미안하네. 고마워."

종업원은 주방으로 향했다. 우리는 옷가지를 정리하고 앉아 식당의 온기를 느끼며 있던 차에 종업원은 돌아왔다.

"모든 메뉴 가능하다고 합니다."

"오! 다행이군. 그럼 스프랑 로스트비프(roast beef) 그리고 요크셔푸딩(Yorkshire pudding)을 명수대로 그리고… 비프웰링턴(beef wellington)… 술은 레드와인을 부탁하지. 그리고 마지막으로 디저트는… 이튼메스(Eton mess)가 좋겠군. 이것도 명수대로 준비해 주게."

"네, 알겠습니다. 그렇게 준비해 드리도록 하겠습니다."

"고맙네."

종업원은 주문을 받고 돌아갔다.

"점심이지만 많이들 먹게나. 추운 겨울엔 이 식당만큼 가슴 따뜻하게 다가오는 음식을 내어 주는 곳도 없을 걸세. 도움받은 것들도 많아 대접을 하고 싶어 많이 시켰고, 어제가 크리스마스이기도 했으니 시간의 이치에 맞지 않더라도 너그럽게 받아 주게나."

"친구가 밥을 산다는데 마다할 사람이 누가 있겠나. 잘 먹도록 하지. 근데 비프웰링턴까지는 너무 많은 것 아닌가?"

"아니, 여긴 딱 셋이 한 조각씩 나눠 먹기 좋은 사이즈의 비프웰링턴이야. 그리고 여기의 비프웰링턴은 꼭 먹어 봐야 한다네. 그리고 오늘 우린 혈기 왕성한 청년과 같이 오지 않나. 자네도 괜찮지?"

"제가 이렇게 얻어먹어도 되나 싶습니다."

"자넨 저 친구와 달리 충분한 자격을 가졌지. 오늘 나를 도와 치수를

어느 늙은 테일러의 구원

적어 주지 않았나. 집에서 그게 가능할 줄은 절대 몰랐어. 다 자네 덕분이야. 사실 친구놈보다 자네한테 대접하고 싶어 왔으니 부담 갖지 말게."

"어려운 일도 아닌데 이렇게 받아도 되나 싶습니다. 이미 저는 오늘 많은 선물을 받았는걸요."

"괜찮아. 괜찮대도 그러나. 다시 또 그러면 집으로 보낼 걸세."

친구는 호방하게 웃으며 청년을 향해 말했다.

"이 친구의 말을 듣는 게 좋아. 이 친구의 성격은 장난 아니거든. 자네도 이미 몇 차례 경험해 보아 알겠지. 그러나 이 친구의 미각은 믿어도 좋아. 음식에 진심이거든. 내 장담하는데 이 친구의 쾌락은 음식과 음악에 있을 거야."

"내가 또 뭐 언제 그렇게 음식과 음악을 밝혔다고 그러나. 그냥 좋아하는 것뿐이지…. 둘 다 너무 아름답지 않은가."

"그건 맞지. 하하하. 그보다 아름다운 것은 세상에 자연뿐이 없지 않겠나."

"아니, 남성복도 있네. 그것이 나에겐 가장 아름다워."

"먼저 빵과 스프 그리고 와인 먼저 드리겠습니다."

종업원은 눈치도 못 채게 와 있었다.

"고맙네."

"빵은 방금 나와 뜨거우니 조심해 주세요. 대신 그만큼 맛있을 겁니다."

"고맙네. 오늘은 우리가 행운아들이군."

"맛있게 드세요."

종업원은 미소로 서빙을 마치고 돌아갔다.

"자, 먹지. 아…. 혹시 오늘도 기도를 하나?"

"어젠 교회여서 했지만 오늘은 저 혼자 하고 먹어도 됩니다."

"아니. 해 주게. 어제 이 친구가 자네 기도를 무척이나 마음에 들어 했거든."

"그럼 염치 불문하고 하겠습니다."

우리는 손을 모았고, 청년은 식전 기도를 시작했다.

"………. 아멘."

청년의 기도가 끝나고 나는 식사를 종용했다.

"자, 이제 진짜 들지."

"자네만 믿고 잘 먹겠네. 음…."

"잘 먹겠습니다."

"어때, 다들 음식은 좀 입에 맞나?"

"정말 맛있군!"

친구는 흥분하며 답했다.

"자넨 어떤가?"

나는 청년에게도 물었다.

"정말 맛있습니다! 친구분의 말씀은 거짓이 아니었군요!"

곧이어 음식은 계속해서 나왔고 우리는 정신없이 먹기 시작했다. 아마 다들 아침 일찍부터 집중하고 긴장하느라 배가 무척이나 고팠었나 보다.

"배가 찢어질 것 같군. 자네 말대로 비프웰링턴은 정말 환상적이었네.

로스트비프 또한 말할 것도 없고 말이지."

"맞습니다. 이렇게 맛있는 로스트비프와 비프웰링턴은 정말 처음이 었습니다. 음식이 이렇게도 아름다울 수 있었군요."

"자네들 모두 좋아해서 다행이야. 하지만 아직 디저트도 남았네."

"진짜 고문 수준으로 양이 많군."

말이 끝나기가 무섭게 디저트가 나왔다.

"이튼메스 나왔습니다. 맛있게 드세요."

"고맙네."

우리는 배부름을 이겨 내고 다시금 먹기 시작했다.

"음! 이것도 아주 맛있군!"

친구는 아주 만족한 듯 이야기하였다.

"이 집은 정말 빼놓을 것이 하나도 없지. 뿌듯하구만."

나는 의기양양하여 답했다.

"이 식당의 음식을 먹으며 점점 드는 생각인데 선생님께 질문 하나 해 도 괜찮겠습니까?"

청년은 조심히 나에게 물었다.

"무엇인데 그러나."

"선생님의 취향이 고귀함을 알았습니다. 그렇기에 식사 전 남성복이 가장 아름답다는 그 말을 쉽게 넘길 수가 없었습니다. 왜 선생님께서 는 남성복이 가장 아름답다고 생각하시는 것입니까?"

"나는 음식과 음악을 좋아하지만 그것에 대해 깊게 고민해 본 적은 없 어. 더욱이 나는 셰프도 음악가도 아니기에 그런 기회는 없었지. 하지만 남성복은 달라. 나는 옷을 짓는 사람이기에 아주 오랜 시간 남성복에 대해 고민을 했다네. 그렇기에 내가 내린 결론으로 남성복이 아름다운 이유는 규율이 있어서야. 그건 만드는 사람에게도 입는 사람에게도 상당히 중요한 것이지. 그 규율들은 그 어디에도 법으로 적혀 있지 않다네. 하지만 남자들은 그 규율을 지키며 만들고 입으려고 하지. 그얼마나 아름다운 일인가. 누구는 몸치장으로 자유를 말하려 하지만 나는 그 자유가 구체적인 자유인지 의문일세. 자유란 쉽게 얻어지는 것이 아니야. 크나큰 희생이 동반해야 비로소 자유가 찾아온다네. 그렇다면 자유만이 주어지면 옳은 것인가? 내가 보기엔 그렇지 않아. 자유가 팽배하면 다시금 끝없는 혼란이 찾아오겠지. 그 이유는 자유는 쾌락을 부르기 때문이야. 자유라는 것을 구체적으로 명시하지 않는 사회라면 결국 자유는 '내가 좋은 것'을 좇게 되지 않겠나. '내가 좋은 것'에는 너무나도 일차원적인 자극들이 많을 걸세. 어릴 적 우리도 그러지 않았나. 그 혈기 왕성한 피의 혼돈에 짐승과도 같은 사상을 갖게 되고 행동을 하고 싶어 했지. 이것을 잘라 낼 수 있는 것은 결국엔 규율일세. 규율이 있어야 내 자신이 어긋나는 것을 막아 준다네. 남성복은 규율을 고민하게 만드는 것부터가 수행이야. 나를 규율에 가둬 옳은 방향을 만들게 해야 하지. 그러면 그런 질문도 있을 수 있겠구만. '남성복의 규율은 옳은가?'라는 질문 말이야. 나는 당연히 옳다고 생각하네. 진정한 남성복들은 전쟁터와 일터 그리고 왕정 등에서 나왔어. 전쟁터와 일터 그리고 왕정은 이미 규율이 존재하는 곳이야. 그러한 엄격한 규율 속에서 오랜 시간을 거쳐 정제된 것이 어찌 쾌락적이겠나. 남성복은 그 위치에서 남자가 어떤 인물인지를 증명해 주는 것이니 절대적으로 아름답네. 결국 남자의 인생이 아닌가. 인생을 지키기 위한 규율은 너무나도 고결한 것이야. 남자들이 옷을 입는 이유는 결국에는 인생을 지키기 위함일세. 그렇다면 인생은 무엇일까…. 규율 속에만 존재해야 하는 인생의 의미 말이야! 나는 진정한 사랑에서 답을 찾았네. 진정한 사랑만이 나를 쾌락에서 멀게 하고 지켜야 하는 것을 선사하지. 그것은, 지켜야 하는 것은 또 책임을 만들어 내지 않나! 결국 사랑은 지키는 것이며 희생 안에 책임지는 것이 아닌가? 내가 지킬 것이 있는데 밖에 나가 쾌락적인 삶을 산다는 것은 또 더욱 말이 안 되지 않나? 그러한 위치들에서 사랑 안에, 책임 안에 남자가 살아가는 것이 남성복이니 이는 아름다울 수밖에 없지. 이것이 나는 진정한 '멋'이라고 생각한다네. 우리가 일반적으로 말하는 '멋'이 아닌 우리가 추구해야 할 진짜 '멋' 말일세. 이것을 통상적인 멋쟁이라고 부를 순 없겠지. 그 누구도 멋쟁이라고 부를 수 없을 걸세. 세상엔 멋을 낼 필요가 없어! 멋은 있는 그대로에서 나오는 것이니 말이야! 그렇기에 한마디만 더 보태자면, 남성복은 지금 떠오르고 있는 패션이라는 단어로 절대 정의할 수 없네. 이렇게 산업이 발전함에 따라 남성복이 통상적인 멋만 추구하며 대량 생산되어 나온다면 남성복의 본질은 망가지며 변화되고 그 패션이라는 것은 미래에 멋쟁이를 양산할 테지만, 진짜 '멋'과는 점점 더 멀어질 거야. 자본이 멋이 되는 세상이 오겠지…. 그런 세상은 너무 슬프겠지만 괜찮네. 아까 내가 집에서 얘기하지 않았나. 나와 이 청년 같은 사람들의 손은 멈추지 않았어. 계속 이어질 걸세. 우리는 진정한 '멋'의 한 부분을 잇는 자들이기 때문이고 그 '멋'이 남자 그 자체의 본질이기 때문이야.
우린 묵묵히 순례자처럼 수행하며 존재하면 그걸로 된 걸세. 나머지는
우리 후세에게 맡기지. 그리고 여태 남자들이 그래 왔던 것처럼 사랑
을 믿고 남자를 믿으며 책임을 믿는 수밖에 없겠네."

친구는 조심스레 질문을 던졌다.

"그것이 사라지면 어쩌나."

"그렇다면 구체적이지 않은 끝없는 자유로 세상은 혼란 속에 존재하
다 쾌락으로 종말을 고하지 않겠나. 소돔과 고모라가 그랬듯 말이야."

"무서운 얘기군. 옷이 그렇게까지 해석되다니. 근데 듣다 보니 재미있
구만. 희생에서 자유가 온다면 희생이 책임이고 그것이 규율을 만드는
데, 결국 규율을 지키는 것은 자유를 선사하겠구만!"

"맞네! 남자들은 규율 안에서 한없이 자유롭지! 생각해 보게 우리나
라도 법이 있지 않나. 법이 곧 규율인데 법 안에 사는 우리는 지금 자유
롭지 않나? 같은 것이야. 아주 구체적인 자유이지. 좋은 법이 옳게 작
용하고, 우리가 그 좋은 법을 인정하고 이행한다면 그 안에서는 한없이
자유롭다네. 하지만 나쁜 법은 우리의 삶을 고통스럽게 하고 긍정적인
그 어떤 것도 창출해 내지 못하지 않나. 남성복도 그런 것일세. 남성복
은 좋은 법전이야. 그리고 그것을 더 좋고 올바르게 만드는 것은 결국
남자들이 해 온 일이고 또, 할 일이지. 좋은 법전은 좋은 역사와 좋은
이해 그리고 많은 공부와 경험을 통해 나오는 것이니 이것은 옳게 갈
수밖에 없네. 그 법전을 잘 이해하고 이행할 때 우리에게 선사되는 '입
음'이라는 가치는 진정한 자유를 선사하지. 아주 구체적인 자유 말일

세. 하지만 조금이라도 잘못 이해했다면 '입음'은 망가지네. 사이비 종교 같은 것이야. 그거 아나? 사이비 종교도 우리가 교회에서 보는 성경을 쓰는 곳이 있다더군. 그러한 사이비는 결국 성경보다 사람과 자본이 먼저가 됨에 따라 망가진 곳 아닌가? 그와 마찬가지로 똑같은 옷이 입히지만, 옷이 먼저인 사람이 되는 것이지. 어떻게 옷이 먼저 존재하고 사람이 존재하겠나. 사람이 존재하기에 옷이 따라오는 것이지. 법 또한 그렇지 않은가. 사람이 존재하기에 법이 만들어지는 것이지 법이 존재하기에 사람이 태어나는 것은 아니지. 옷이든 법이든 사람이 살아가기 위해 만들어진 것이야. 옷을 그저 입고 사는 사람이 아니라 삶과 자신의 규율과 철학을 입는 사람이 되어야 하네. 그러려면 자신의 삶을 이해하는 것이 선행이 되어야 해. 그렇게 되지 않는다면 결국 맞지 않는 옷을 입을 뿐이지. 규율은 몸에만 맞는다고 맞는 것이 아니거든."

"그런데 자네가 이야기하는 것은 수트만의 이야기인가?"

친구는 질문을 또 하나 던졌다.

"아니. 아니지. 절대 아니야. 수트는 위대한 옷이고 최고의 옷이라고 생각하지만, 책임의 최전선에 있는 옷을 무시할 수 없어. 오히려 그것이 더욱 위대할 수 있지. 예를 들어 어부들을 생각해 보게나. 그들은 그 춥고 고독한 망망대해에서 가족을 부양하기 위한 책임을 위해 거친 파도와 죽음의 결투를 한다네. 그리고 그 춥고 습한 곳에서 그 결투에 이기려 기름이 가득한 니트를 입지. 그 옷이 찢어지고 해졌다 하더라도 그 옷은 위대한 옷이야. 아니, 위대하다 못해 숭고하다 할 수 있겠지. 자네는 그런 옷을 욕할 수 있겠나?"

"아니, 못하지."

"그렇지! 그들은 그렇게 그곳에서 싸우기 위해 그들의 의복을 규율 안에 만들고 규율을 만들며 입네. 그들이 만들고 이행하는 '입음'이라는 가치는 그런 것이겠지? 그렇기에 나는 그들을 존경해. 물론 어부뿐만 아니라 석탄을 캐는 이들과 또 다른 모든 노동자들도 마찬가질세. 그 숭고한 규율을 입는 자들을 어떻게 무시할 수 있겠나? 그들의 옷이 찢어지고 더럽다고 하더라도 그들의 인생과 그에 대한 책임으로 만들어진 규율은 참으로 멋있는 것이야. 오히려 이렇게 수트 안에 규율을 지키며, 깔끔 떨며 살아가는 것이 가끔은 창피할 때도 있어. 그러나 남자들은 한 위치에만 존재하는 것이 아니기에, 각자 위치에서 각자의 규율로 나아가야 한다고 생각하네. 그들은 그들의 숭고한 규율을 지킬 테고, 나는 내가 맡은 규율을 지키면 되는 것이겠지."

친구는 나의 말을 듣고 곰곰이 생각하다가 대화를 이었다.

"생각해 보면 나도 아버지께 많은 것을 배웠네. 특히 성인이 되며 더욱이 많은 것을 아버지가 가르쳐 주셨지. 옷을 입는 방법, 왜 입어야 하는지에 대해 세세하게 설명을 들었었네. 물론 나도 내 아들에게 그랬고 말이야. 하지만 그것이 규율이라 생각하진 않았어. 그저 당연한 것인 줄 알고 옳은 것인 줄 알고 한 것이지. 하지만 지금 생각해 보니 그것이 규율이기에 아버지의 옷장이 내 옷장이 되고 내 옷장이 곧 아들놈한테 가는 것이구만. 남자들의 옷장은 생각보다 대단한 것이었어."

"맞네. 물론 그런 가르침을 나는 받지 못했지만 말이지."

우리의 대화를 지켜보던 청년은 말을 거들었다.

어느 늙은 테일러의 구원

"저도 받지 못했습니다. 물론 물려받을 옷장도 없고 말이죠. 하하하."

"자네가 그렇게 말을 하면 내가 너무 실언한 것 같지 않나…."

"괜찮습니다. 그것이 사실이니까요."

"실언하니 또 생각나는 것이 있군."

친구는 질린다는 표정으로 나를 보며 말했다.

"자넨 나이가 드니 말이 너무 많아졌어. 예전엔 한마디도 하지 않아 실어증이라도 온 줄 알았는데 말이지."

"용서해 주게. 이 나이가 되도록 자식도 없고 가족도 없지 않나. 그리고 이렇게 옷에 대해 이야기하는 것은 기회도 없기 때문에 말만 길어지는군. 하지만 이것은 정말 중요한 얘기야. 자네들 스프레차투라(Sprezzatura)라는 단어를 들어 보았나?"

"아니, 없네."

"그게 무엇입니까?"

"들어보게나. 이것은 아주 재미있는 단어일세. 사실 우리 영국인들이 추구하는 방향성과도 비슷한 것이야. 근데 이를 단어로 보니 또 재미있더군. 스프레차투라는 르네상스 시절 이탈리아에서 나온 단어라네. 그 뜻은 쉽게 말하자면 모든 것이 내재되고 계산된 무심함이자, 계산된 부주의야. 사람들은 대부분 완벽함을 추구하지 않나. 근데 생각해 보게. 완벽함은 내 삶에 옳았던 것인가? 완벽함을 추구하며 그것을 세상에 뽐내다 보면 내 실수에 공격받을 일이 많아. 사람들은 완벽함 속에 흠을 잡으려 노력하지. 그리고 완벽함을 추구하려면 내 부족함을 가리기 위해 거짓말만 늘어날 뿐일세. 내 부족함을 가려야 하거든. 그렇기에 그러기보단 내 부족함을 먼저 보여 주는 것이 더욱 좋지 않나 싶네. 그 부족함은 이미 인지하고 계산된 것이겠지. 마치 우리 영국의 귀족들이 수트를 입을 때 일부러 새 수트를 하인에게 입혀 새것처럼 보이지 않게 만들거나, 우리가 오래된 것을 존경하는 것과 같이 말이야. 부족한 것을 당당히 보여 줬을 때만이 나는 가장 완벽하다고 생각하고 그것을 나타내는 단어가 스프레차투라가 아닐까 싶어. 고도로 계산된 부족함은 고도의 자아성찰일 테니 말이지. 너무나 당연하지만 단어이기에 생각을 하게 만드는군."

나는 손가락으로 테이블을 툭툭 치며 말을 이었다.

"그리고 불완전함만이 완전함을 이길 수 있어. 치부를 드러내는 것은 너무나도 수치스러운 일이지만, 우리는 불완전하고 항상 어린 존재들 아닌가. 어리기에 가능한 것이야. 우리가 90을 넘겼지만 항상 후회하고 반성하는 것은 어리기 때문이겠지. 물론 어제 말했듯, 하는 일에도 마찬가질세. 그것을 인정해야만 우리는 더 멀리 볼 수 있고 당당할 수 있어. 즉, 겸손해야 하는 것이야."

"맞는 말일세."

친구는 긍정하며 대답했다. 나는 그 긍정에 뿌듯해하며 말을 이었다.

"그리고 이것은 어부와 노동자들의 해진 옷들과도 같다고 생각한다네. 그들은 그것을 의식치도 않겠지. 이미 알더라도 말이야. 그것이 자신의 인생이고 삶인데 더 증명할 것이 없는 의미이지 않겠나. 그 겸손한 삶이 어찌 아름답지 않을 수 있겠어. 그러나 어떤 사람들은 스프레차투라를 유머라고 하지만, 삶을 증명하고 겸손의 자세를 갖는 것이라

어느 늙은 테일러의 구원

나는 유머라고는 생각하기 싫네. 그건 스프레차투라를 패션의 눈으로 바라본 것이야. 그렇기에 오히려 이것에 패션 안에서 심취해 버리면 교만의 끈을 잡는 것과 다름없기도 한 어찌 보자면 아주 위험한 판도라의 상자 같은 것이지. 아름다워 보인다고 무턱대고 열면 안 되는 것이야."

"그것 또한 맞는 말이군."

친구는 또다시 고개를 끄덕이며 맞장구쳤다.

"아! 그리고 죽음! 죽음 말일세! 자네의 죽음을 위해 옷을 지어 달라 했던 그것! 그것 또한 자네의 부족함을 나에게서 표현하기 위해서였나?"

나는 친구에게 물었다.

"부족함이라…. 뭐 어찌 보면 맞는 말일 수도 있겠지. 그러나 그것과는 다른 의미였다네. 나를 자네만큼 잘 아는 사람은 아내 한명뿐이었는데 이미 세상을 떠났고, 나는 그저 나의 모습으로 가고 싶었으며, 나의 마지막 옷이 자네의 사랑과 추억으로 만들어지길 원했을 뿐이야. 근데 그건 자네가 말하는 사랑이랑 비슷하기도 하겠지만 조금 모습이 다를 수 있겠구만. 그 사랑이 무언지 답을 찾는 것은 자네의 몫이겠지."

"평생을 사랑에 고통받으며 살았는데 사랑으로 또 고통받을 생각을 하니 끔찍하군. 이 나이에 그런 것은 심장에도 머리에도 좋지 않아 보이지 않나?"

"그래도 내가 모르는 것을 자네는 만들겠지. 오늘 규율의 이야기를 듣고 나는 너무 어리다는 것을 다시금 깨달았어. 나 또한 다 아는 것 마냥 자만했네. 전문가를 무시하기까지 했으니 말 다 했지. 전문가는 전문가구만. 근데 내가 어렸던 것은 물론 자네에게 아직 말 못 한 것이 있고, 아마 그것 때문일 테야."

"무엇을 또 그렇게 사람 좋은 얼굴로 숨기고 있나."

"굳이 말을 하지 않아도 곧 자네도 알게 될 거야. 그러나 그날이 늦었으면 좋겠군."

"무슨 그런 부정스러운 말을 하는 게야. 그런 말은 말게. 옷을 만들 사람으로서 힘이 빠지는군."

"미안하네. 그래도 사실인걸."

"그 얘긴 여기까지 하지. 나중에 둘만 있을 때 따로 듣도록 하겠네. 저 젊은 친구가 안절부절못하는 것 좀 보게나."

"저런. 내가 생각이 짧았군. 미안하네."

"그러고 보니 질문은 저 친구가 했는데 자네랑만 대화를 한 기분이군. 어찌, 질문에 답이 좀 됐나?"

나는 청년을 바라보며 물었다.

"네. 많이 배웠습니다. 저도 고민하고 풀어야 할 숙제가 더욱 많아진 느낌입니다."

"그렇게 말해 주니 고맙네. 그럼 슬슬 일어날까? 밥도 다 먹었고 배도 든든하니 이제 집에 가서 조금 쉬고 나는 일을 해야겠어."

"그래."

나는 종업원과 눈 맞춤을 시도했다. 다행히 금방 성공하였고, 나는 손으로 계산을 부탁한다고 전했다. 종업원은 계산서를 들고 왔다.

"어떻게, 음식은 괜찮으셨습니까?"

"완벽했네. 덕분에 잘 먹었어."

"여기 계산서입니다."

나는 주섬주섬 돈을 꺼냈다.

"여기 있네. 잔돈은 괜찮아."

"그러기엔 너무 많이 주셨는데요?"

"괜찮아. 자네 덕분에 이렇게 좋은 식사를 할 수 있었는걸. 그럼 나는 가 보겠네. 좋은 연말 보내고, 내가 새해까지 오지 않는다면 신년 인사를 못 전할 수도 있으니 먼저 전하지. 좋은 새해 되게나. 셰프한테도 잘 전해 주게."

"네! 감사드립니다. 선생님께서도 좋은 연말과 좋은 새해를 맞이하기 바라며 또 건강하시기도 바라겠습니다."

"건강하지 않고는 이렇게 많이 먹을 수 없지. 하하. 진짜 가네. 다들 일어나지."

우리는 식당에서 나왔다.

나는 친구에게 물었다.

"그럼 자네는 1월 1일에 내 집으로 짐을 옮기는 것이지? 아들한테는 이야기 했나?"

"그렇지 않아도 오늘 연락을 하려고 하네."

"그렇군. 그럼 아들도 한번 여기로 오라고 하지 그러나. 오랜만에 얼굴도 볼 겸."

"바쁘고 가정도 딸려 어찌 될지 모르지. 그렇지 않아도 물어보긴 하려 하네."

"좋아."

"저는 이 책을 언제까지 가져다드리면 될까요?"

청년은 물었다.

"아무 때나 다 읽으면 집으로 가져다주게. 부담 갖지 말고 오래 읽어도 되네. 물론 내가 죽기 전엔 가져다줘야겠지."

나는 말을 마치고 호탕하게 웃은 뒤, 다시금 말을 이었다.

"농담이야. 하여튼, 편하게 읽고 편하게 가져다주게. 부담 갖지 말고 말이지. 그럼 오늘은 이렇게 헤어지는 걸로 합세. 다들 고마웠네."

우리는 헤어졌고 나는 빠르게 집으로 돌아가 낮잠을 청하고 싶었지만 은근한 부담감이 나를 짓눌렀다. 그렇기에 나는 패턴지를 구매하러 발걸음을 옮겼다.

"거기 있나?"

"네, 나갑니…. 오! 오래간만입니다. 마스터! 너무나 반갑습니다! 은퇴하시는 날 인사하러 와 주신 이후 처음 뵙는 것 같습니다. 혹시 어쩐 일이십니까?"

"패턴지를 조금 사러 왔네."

"패턴지 말입니까? 아니, 다시 옷을 만드시는 겁니까? 아님 누굴 가르치시려 그러시는 겁니까?"

"아니. 뭐, 그럴 일이 좀 생겨서 말이지."

"마스터가 다시 옷을 만드신다면 정말 런던 시내에 다시 소문을 내고 싶군요!"

나는 이곳에 온 것을 후회하기 시작했다.

"아냐, 아냐. 그런 일은 아닐세. 수트 두 벌만큼의 패턴지만 줄 수 있 겠나?"

"물론이죠! 조금만 기다려 주시죠."

나는 제발 더 이상의 질문이 없기를 바라며 패턴지를 기다렸다.

"여기 있습니다. 정말 다시 옷을 만드시는 건 아니지요?"

"아닐세. 그냥 지나가다 추억에 사러 들어왔을 뿐이야. 인사도 하고 말이지."

"그렇다면 너무 아쉽습니다…."

"그럼 나는 가 보지. 연말 잘 보내고 좋은 새해를 맞이하길 빌겠네."

"네, 조심히 들어가시고 항상 건강하시길 바라겠습니다."

"고맙네. 잘 있게."

잠깐의 시간이었지만, 너무나도 길게 느껴졌다. '어차피 마지막 옷인 거 그냥 원단에 바로 초크질을 할걸.'이라는 생각이 들었다. 괜히 나온 초심에 조금 흥분했었나 보다. 나는 집에 돌아와 옷을 정리하고 재단 대 위에 패턴지를 펼치고 다이어리를 가져와 꼼꼼히 읽으며 아무 주문 도 하지 않은 친구놈을 욕하며 어떻게 만들지 머릿속에 그리기 시작했 다. 아무리 고민해도 답이 나오지 않았다. 결국 나는 처음으로 돌아가 고자 했다. '가장 기본으로 하자!' 그것이 나의 결정이었다.

"좋아. 한번 해 보지."

나는 패턴지에 연필을 대고 정성스레 친구를 위한 마지막 수트의 패턴을 그리기 시작했다.

어느 늙은 테일러의 구원

　패턴을 그리며 내가 의지할 곳은 다이어리에 적힌 몇 되지 않는 숫자들뿐이었다. 숫자들로 그려진 패턴은 나의 오랜 친구를 다른 관점에서 보게 만들었다. 그 건장했던 청년은 너무나도 작아져 있었다. 인간의 늙어 감을, 친구의 늙어 감을 숫자로 보고 인정해야 한다는 것은 생각보다 힘든 일이었다. 철이 없던 시절 친구와의 많은 시간과 추억이 이 몇몇의 숫자로 치부되는 기분이었으나 그만큼 이 숫자들에게 남은 시간이 얼마 없다는 것도 느껴졌다. 나의 연필 끝은 조금 더 뾰족해야 했으며, 나의 정신은 어느 때보다도 뾰족해야만 했다. 그것만이 내가 이 친구와 보낸 감사한 시간을 보상할 수 있는 방법이었다. 나는 완성된 패턴을 꼼꼼히 확인했다. 오늘만큼 친구에 대해 고민해 본 날은 아마 없을 듯싶을 정도였다. 다빈치가 인체를 고민했던 것과 같은 마음을 갖고 나는 친구의 몸을 정확하게 관철하고자 했다.
　"제발 이번만큼은 가장 완벽한 옷이 만들어지길….."
속죄였다. 이것이 구원인가 싶었다. 친구가 말한 그 구원이 이것이길 나는 내심 바랐나 보다. 나는 패턴을 자르는 용도의 가위를 꺼냈다. 내가 처음 일을 배울 때, 패턴을 자를 때 썼던 가위이자, 사용한 지도 아주 오래된 가위였다. 이 또한 나의 친구였다. 친구에게 친구를 부탁하는 것은 더 이상 나에게 일이 아니었다. 나는 과감하게 친구에게 몸을 맡기고 패턴지를 자르기 시작했다. 다 잘린 패턴지는 옆에 고이 모셔 두고 재단대 위에 원단을 올렸다. 알 수 없는 감정적 동요가 일렁였다. 흥분도, 설렘도 아니었다. 오히려 공포에 가까웠다. 그렇다고 일반적인 공포도 아니었다. 마치 아브라함이 이삭을 재단대 위에 올려놓는 것과 같은, 나에게는 어울리지 않고 건방지기 짝이 없는 그런, 아주 오만한 감정에서의 공포였다. 나는 잠시 서 고민했다. 죽음을 각오하지만 생명을 주신 그 순간이 어떤 의미인지 나는 고민해야만 했다. 나는 이 공포에 가까운 감정을 해석하기 위해 성경책을 가지러 가 창세기 3장 7절을 폈다. 그곳엔 죄를 깨닫고 입음을 시작하는 인간들의 이야기가 적혀 있었다. 이렇듯 내가 해온 일은 인간이 죄를 마주했을 때 첫 번째로 한 입음이라는 행동을 변호하는 일이었다. 그러나 이 구절을 읽고 바로 뒤에 오는 구절은 나에게 이 변호를 합리화시켜 주었지만, 그 의미는 나는 알지 못했다. 그저 변호용 구절이었을 뿐이었다. 나는 다시금 인간이 처음으로 입은 무화과나무 잎으로 만든 옷의 의미를 고민하다, 장을 조금 더 넘겨 나를 변호해 주었던 창세기 3장 21절을 폈다. 그곳엔 인간은 죄를 지었고, 에덴동산에서 쫓겨나는데, 하나님은 죄를 지은 자들에게 무화과나무 잎으로 만든 옷이 아닌 가죽옷을 선물하셨다고 적혀있었다. 죄를 지어 쫓겨나는데도 제대로 된 옷을 지어 선물을 하셨다는 것은 나에게 표면적으로 해석하며 '선물 주신 것을 만드는

어느 늙은 테일러의 구원

데 아무래도 괜찮지 않을까?'라는 생각을 불러일으켰었지만, 오늘 내가 느낀 감정에서는 이를 다르게 해석하게 했다. 죄를 지어 죽음을 받았지만, '죽음으로 내 몸을 가리는 공생과 사랑, 죽음으로 다시금 시작되는 생명과 구원' 오늘 나에게 아브라함으로부터 시작된 고민으로 인하여 이 구절은 이렇게 해석되었다. 그런 의미에서 나는 가죽옷과 비슷한 것도 만든 적이 없었다. 합리화의 수단으로만 해석한 내가 창피했다. 친구가 말한 것이 이 구원인지, 이 구원을 알게 하려 나를 교회에 다시 데리고 갔는지 나는 모를 일이었다. 하지만 나에게 구원이 아닌 다른 구원을 나는 오늘 보았다. 그것은 친구가 나에게 물꼬를 터준 것에 의심은 없었다. 다시 나는 재단대로 돌아왔다. 재단대 위에 죽은 양처럼 곱게 놓인 이 원단에 감사를 느꼈다. 나는 원단을 곱게 다림질한 후 반으로 접어 패턴을 그 위에 고정시킨 후 초크를 갈았다. 그리고 그 위로 조심스럽게 패턴을 덧그렸다.

구체화되어 있지 않던 원단은 점점 생명을 얻어 가며 구체화되기 시작했다. 죽어 있는 원단에 생명을 불어넣는 일은 역시나 항상 나에게 흥분되는 일이었다. 아담을 지으셨을 때 혹은 하와를 지으셨을 때 이러한 감정이었을까 싶었다. 나는 싫었지만 오늘만큼은 모든 사고가 성경을 중심으로 흘러갔다. 원단 위로 하얗게 그려진 패턴은 숭고하기까지 하여 보였다. 새하얀 웨딩드레스처럼 숭고히 그려진 패턴을 나는 조심스레 가위질했다. 아담의 갈비뼈를 꺼내는 기분이었다. 원단도

헤링본(herringbone)무늬인 것이, 같은 뼈라고 생각하니 무언가 웃음이 새어 나왔다. 허리랑 등 그리고 어깨가 아파 왔다. 오랜만에 하는 집중은 생각보다 무리가 되었다. 그러나 이 일을 중간에 멈출 수 없었다. 나에게 온 이 감정과 생각이 사춘기의 그것과 같이 치부되지 않게 하기 위하여 나는 움직였다. 바늘과 실을 잡아 들고 재단대 위에 눌러앉아 잘린 원단과 여러 부자재들을 실로 엮기 시작했다. 바느질을 하며, 내가 진심으로 구하며 울며 엎어진, 고통을 거둬 달라고 간구하던 그때 이후 처음으로 나의 기도를 했다.

"주님이시어. 부디 저의 목소리를 들어주시옵소서. 제 인생에 마지막이 될 이 옷을 제대로 만들 수 있게 도와주시옵소서…."

실로 오랜만에 한 기도는 꽤나 간절했다. 항상 마침표를 제대로 찍지 않았다는 나의 죄책감이 이 감정과 생각에 더불어 씻겨 내려가기를 원했다. 또 나는 나를 위하여 기도했다. 나는 이 속물적인 기도를 계속하여 되뇌며 몇 시간이 지났는지 모를 오랜 시간동안 바느질에 몰두했다. 라펠(lapel)과 어깨의 경우 조금 더 손을 봐야 했지만 나는 얼른 가봉하여 재킷의 몸통이 어느 정도 모양을 갖추게 했다. 어느새 늦어 재단대 위가 아닌 집은 어두워졌기에 나는 방안에 전체적인 불을 켜고, 가봉된 몸통을 옷걸이에 걸쳐 놓고 세 발자국 정도 떨어져 가만히 바라보았다. 오늘의 바느질은 평소와는 달랐기에 그러고 싶었다. 완성되지 않은 부분이 많았음에도 꽤나 좋아 보였다. 옛날 같았으면 고질병과 같은 강박에 전혀 하지 않았을 행동이고 그렇게 보이지도 않았을 것인데도 불구하고 좋아 보였다. 내 기도가 전해졌다는 벅찬 감사가 잠시

스쳐 갔다. 처음 재킷을 만들었을 때와 같이, 바보같이 바라만 보다가 다시금 옷걸이에서 벗겨 가봉을 뜯고 바느질을 이었다. 만듦새를 보니 친구가 집에 들어오는 날 1차 피팅을 꼭 보고 싶었기에 며칠만 무리하자고 마음을 먹었다. 나는 기도가 전해졌다는 생각에 다시금 그 속물적인 기도 또한 계속 이어 나갔다.

　얼마나 지났을까. 눈이 침침해져 왔다. 나는 눌러앉았던 재단대에서 무거운 엉덩이를 곡소리를 내며 뗐다. 남은 시간은 오늘까지 6일밖에 없었지만 어렸을 적 남는 체력에 밤을 샜던 것과는 달리 이제는 몸이 버텨 주질 않았다. 애석했다. 이제 와서 이런 기분이 들 것이라고는 생각도 하지 않았다. 나는 그저 죽음만을 간절히 바라는, 거의 70년간 바라 온 그런 늙은이였다. 나는 괜스레 생명이 불어넣어지는 애꿎은 재킷만 만지작거리며 넥타이를 풀었다. 구두를 벗고 브레이스를 풀고 옷가지들을 하나하나 정리했다. 무언가 마지막인 것 같은 기분이 들었지만 이런 불안함은 대수롭지 않게 넘기고자 했다. 나는 씻고 누웠지만 만들던 재킷이 눈앞에 아른거려 다시금 옷걸이에 걸쳐진 재킷을 보러 일어났다. 나는 방을 옮겨 의자를 끌고 와 앉아 달빛에 비친 재킷을 하염없이 바라보았다. 사랑을 마주했을 때의 그런 감정도 일어났다. 고통을 피하려 도망친 곳에 오랜 시간이 지나 마주친 새로운 사랑이 있었다. 내가 여태 이것을 향해 사랑이라고 불렀던 것은 자기방어이자 고슴도치의 바늘과 같은 것이었나 보다. 오늘에야말로 옷이 주는 사랑을 온전히 알았다. 나는 눈을 뗄 수 없었다. 이것은 사라지지 않는 것이라는 것에 감사했다. 나는 예전에 사랑을 만났을 때와 같이 태어난 것 같았고 사랑이 떠났을 때와 같이 죽은 것과 같은 그 사이 며칠의, 내가 이 오랜 시간 중 살아 있었던 유일한 시간의 감정을 다시금 느꼈다. 그 사라짐과 고통에 대한 죽음의 갈망은 일종의 감정 형태로 오랜 시간 나의 목을 죄어 왔으나, 이 오랜 시간과 고통 뒤에 다시금 살아 있음을 느끼는 비슷한 감정을 만난 것은 일종의 구원과도 같이 느껴졌다. 나는 오늘 여러 가지 구원의 종류를 몸으로 체감했다. 생명이 불어넣어지는 것은 아마 옷이 아닌 나일 수도 있다는 생각마저 들 정도였다. 이 늙은 나이에 웃기는 일이기는 했다.

나는 욥이 떠올랐다. 욥이 고통 뒤에 받은 큰 선물들 말이다. 그러나 나는 욥을 보며 그의 자식들의 죽음이 치유되지는 않았을 것이라는 생각도 했었다. 물론 나의 사랑과 고통도 그렇다. 치유될 수 없는 것이다. 물론 잊히지도 않았다. 그럼에도 욥은 선물을 받았다. 나 또한 이 구원과도 같이 느껴지는 감정과 생각이 마치 욥이 마지막에 받은 거대한 선물이 아닐까라는 생각이 들었다. 내가 욥기를 제대로 읽고 해석한 것도 아니고 믿음도 없다고 해도 무방하지만, 그래도 성경을 중심으로 사고가 돌아갔던 오늘은 이 정도로만 나를 위로하며 생각하고 싶었다. 오랜 시간을 그렇게 부정했음에도 사고가 성경을 중심으로 흘러가고 나도 모르게 기도가 나온 것은 참으로 신기한 일이었다. 아주 어렸을 적 어머니가 해 준 이야기들과 공부들 때문이었을까. 그것이 아니라면 고통에 몸부림치며 살려 달라고 성경을 읽을 때였을까. 만약 그것도 아니라면 이 옷의 주인이 친구이고 그 친구는 신실한 신자이며 그 친구가 나를 교회에 다시금 데려갔기 때문이었을까. 고민을 거듭했지만 결국에 그것은 아무쪼록 상관없었다. 그저 이런 나의 모습이 신기했을 뿐이었다. 계속되는 고민에 미완성인 수트의 마침표를 찍어야 한다는 것이 부담을 불러일으켰다. 그리고 옛날과 같이 사랑이 마치 집착이 되어 다시금 멀어질까도 무서웠다. 그런 생각을 하니 공포가 몰려왔다. 이 공포에 옛날의 감정이 달빛에 드리우는 구름과 같이 나를 어둠으로 몰아넣기 시작했다. 나는 이 감정을 감당할 수 없어 도망치듯 방에서 뛰쳐나와 침대로 피신했다. 감정은 다시금 나의 목을 죄이려 시도했지만, 다행히도 오늘의 피로는 나를 잠으로 먼저 인도해 주었다.

첫날의 들뜸과 그 감정들을 가라앉히며 며칠 동안 나는 옷을 만드는 것에만 집중했다. 소매와 트라우저 모두 수없이 만들었던 것들이지만 전부 새로웠다. 하지만 내가 만드는 방법을 바꾼 건 없었다. 마음가짐이라면 오히려 더 날카롭고 진지했다. 그럼에도 첫날이 불러일으킨 감정과 사고가 만드는 이 신비로운 위화감은 처음과 달리 며칠간 나를 불안케 했다. 마치 조울증이나 정신착란이 온 것 같았지만, 나는 계속해서 이 옷의 본질을, 내가 여태 해 온 본질을 계속해서 상기시키며 고민하고 분석해야 했다. 그러지 않는다면 아름다움과 나에 취해 옷도 나도 망가지며 그 어떤 중심과 규율도 없을 것이 분명해 보였기 때문이었다. 첫날의 고민과 감정은 구원과도 같아 보였지만 어느샌가 족쇄마냥 나를 괴롭히고 있었다. 이것은 마치 일이 아닌 전쟁과 같았다. 나는 나와 수없이 싸워야 했으며 이제는 많이 무뎌져 사라졌을 거라 믿었던 감정이 밀려올 때가 많아 더욱 전쟁 같았다. 무엇보다 냉정해야 하는 곳에 나밖에 존재하지 않은 듯했다. 나는 나를 죽여야 했다. 과거와 달리 이제 내가 추구해야 하는 것이 흐릿해졌거나 책임이 덜해져서 그런 것일까 혹은 내가 너무 많아서일까 하는 자책이 이어졌다. 이러한 고민들이 옷에 나타날까 두렵기도 했지만 옷은 바느질을 더할수록 너무나도 아름다워 보였다. 마치 다른 누군가가 나의 손을 빌려 하는 듯했다. 그렇기에 체념하고 피팅 전 마무리만 하자고 다짐하며 바느질에만 집중했다. 이미 내 옷이 아닌 것에 합리화를 하지 않으면 나는 이 옷을 더이상 만들 수가 없었다. 나는 얼마 남지 않은 마무리에 박차를 가하며 늦은 밤까지 다시 매진했다. 그렇게 마무리가 끝나고 나니 친구가 오기 이틀 전 밤이었다. 나는 조심스럽게 재킷을 옷걸이에 걸어 두고, 트라우저를 재단대 위에 곱게 펴 놓았다. 이제 남은 일은 친구를 기다리는 것뿐이 없었다. 나는 또 넥타이를 풀며 씻을 준비를 하고자 방에서 나왔다.

명동-

아무도 찾아오지 않을 날 밤에, 친구가 당장에 모레 집에 들어오기로

어느 늙은 테일러의 구원

한 날 밤에 도어벨이 울렸다. 나는 깜짝 놀라 일단 문 앞에 다가서 말했다.

"누구시죠?"

"선생님, 접니다. 급한 일이 있어 왔습니다."

청년이었다. 청년이 나에게 급할 일은 없었다. 나는 문을 열었다.

"이 늦은 시간에 어쩐 일인가. 일단 들어오게."

"네, 감사합니다."

"일단 앉지."

청년은 어딘가 겁먹은 듯 앉았다.

"따뜻한 물이라도 들겠나?"

"아…! 네…. 그럼 감사하겠습니다."

나는 물을 불에 올리고 물이 끓기를 기다렸다. 청년은 멍한 상태로 앉아 있었다.

삐-삐-삐-

물이 다 끓어 나는 찬 물을 조금 섞어 청년에게 권했다.

"따뜻한 물이라도 마시고 몸 좀 녹이게."

"감사합니다."

"그래. 이 늦은 시간에 괜히 온 것은 아닌 것 같고. 어쩐 일인가? 범죄를 저지른 것마냥 긴장한 것처럼 보이기도 하는군. 천천히 몸 좀 녹이고 말해 보게."

청년은 어쩔 줄 모르는 표정으로 잔만 만지작거렸다.

"이런 말을 전하게 되어 죄송합니다만…."

청년은 말을 끌었다. 나는 그의 표정을 보고 가만히 기다려 주었다.

"친구분께서 돌아가셨습니다."

친구가 죽었다.

제8장

"갑자기 무슨 말인가?"

나는 믿을 수 없었다. 그리고 물론 그것이 거짓이어야 했다.

"친구분께서… 돌아가셨습니다…."

온몸에 힘이 빠졌다.

"그게 사실인가…?"

"네…. 사실입니다."

나는 아무 말도 할 수 없었다. 그저 천천히 밀려오는 현실과 슬픔을 대책 없이 마주해야만 했다. 나와 청년은 그렇게 멍하니 친구의 죽음을 받아들이고 있었다. 어느 정도 시간이 지났을까, 나는 정신을 차리고 청년에게 물었다.

"일단 슬픈 소식을 전해 주어 고맙네. 정말 고마워…. 근데 자네가 어찌 알고 이리 전해 주러 왔나?"

"크리스마스 날, 먼저 자리를 떠나신 그날 저에게 부탁하셨습니다. 자신이 죽으면 부디 알려 달라고 말이죠…."

"그렇구만…. 그랬어. 먼저 알고 있었구만, 그 친구는…."

"네…. 런던에 온 것은 선생님을 마지막으로 보러 온 것이었고 자신의 죽음을 친구가 직접 보지 못하게 하고 싶었다고 말씀해 주셨습니다. 그리고 여기."

청년은 편지 하나를 건넸다.

"이 편지는 호텔의 책상 위에 있었습니다. 아마 선생님께 전하는 편지 같아 가지고 왔습니다."

나는 편지를 건네받았다.

나의 소중한, 가장 친한 친구에게.

편지봉투에는 이렇게 적혀 있었다. 이 글귀를 본 순간 나도 모르게 손이 떨려 왔다. 나는 조심히 편지봉투를 칼로 뜯었다.

아마 전해진다면, 자네에게 적는 마지막 편지가 되겠군. 오늘은 크리스마스일세. 방금 전까지 자네와 이야기를 나눈 그 밤이지. 오늘 자네의 많은 이야기를 들어 무척이나 좋았네. 자네는 항상 많은 고통을 혼자만 가지고 가려 했지. 자네 옆에서 이야기를 들어주고 싶어도 자네는 항상 그걸 숨기곤 했어. 내가 이제야 자네를 조금 알게 된 것 같구만. 뭐 하여튼, 이 편지를 받게 되면 나는 아마 이 세상에 없을 거야. 자네에겐 미안하지만 나는 병에 걸렸어. 이 나이에 그런 병이 없는 것은 오히려 이상한 일 아닌가. 런던으로 온 것은 자네에게 하고 싶던 부탁 이외에 의사를 만나기

위함도 있었지. 사실 자네 집에 묵고 싶었지만 그러지 못한 것도 의사를 만나러 가는 것을 들키기 싫어서였네. 미안하다는 말을 전하고 싶군. 의사 말로는 나이가 많아 더 이상 몸이 버티질 못한다고 하더구만. 한 달이라도 버티면 기적이란 말까지 들었으니 말 다 했지 않나. 나는 내 몸이 그렇게 안 좋은 줄은 몰랐네. 의사에게 이 말을 듣고 자네에게 옷을 만들어 달라고 한 것이 얼마나 후회가 되는지 몰라. 더군다나 오늘 자네가 옷을 만들어 준다고 했을 때 나는 그 옷을 못 볼 수도 있지만 욕심이 생기더군. 내 이기심이지. 내가 죽는 날에 자네의 옷을 꼭 입고 싶었어.

　자네는 기억하나? 내 옷을 지으면 자네가 구원받을 것이라는 그 말 말이야. 이제 그 의미를 여기 적어야겠구만. 나는 자네가 손님이 아닌 친구의 옷을 짓기를 원했네. 평생 자네의 고통을 지켜보는 것은 나에게도 고통이었어. 그 광적인 집착을 나는 바라볼 수밖에 없지 않았나. 누군가에게 쫓기듯 도망치며 집착하는 자네의 모습엔 사랑이 보이지 않았네. 물론 내 눈에 그랬다는 것이야. 사정은 자네가 더 잘 알았겠지. 그러나 오늘 자네의 이야기를 들으니 자네의 그 모습을 바라보던 내 감정이 이해가 가더군. 친구여. 우리는 80년이 넘는 삶을 같이 살았잖나. 그 오랜 시간 옆에서 자네와 함께 했음에도 나는 자네의 고통을 같이해 준 적이 한 번도 없더군. 그래서 생각했지. 자네의 고통을 분담하기 위해서는 나는 무엇을 해야 하나 말이야. 나의 결론은 자네에게 내 마지막 옷을 맡기는 것이었네. 자네가 느끼는 고통을 내가 입고 싶었어. 그것이 자네의 집착과 고통을 분담하며 자유를 선사해 주지 않을까 했거든. 마치 우리가 어린 시절 동산을 뛰어놀 때처럼 말이지. 그 때의 우리는 그 어떤 고민도 고통도 없이 그 순간의 즐거움을 위해 뛰어놀지 않았나. 나는 그저 자네가 옷을 만들며, 그때의 추억을 되새기며 그 자유를 다시 마주하기를 바랐을 뿐이야. 우리가 사랑하고 그리워하는 그 순박한 자유의 시절 말이야. 얼마나 좋았는지….

나는 기억하네. 자네가 고향을 떠나 옷을 만들겠다며 선언한 그 날을. 그때 친구들을 모아 두고 자네는 선언했지. 우리는 비웃었지만 자네는 진짜로 떠났어. 얼마나 매정하던지. 자네의 어머님은 매일같이 우셨다네. 물론 우리는 행동으로 옮기는 자네가 멋지다며 치켜세웠지만 말이야. 모순됐지. 그래도 모두가 실현하지 못하던 것을 하는 자네가 우리는 자랑스러웠다네. 성공할 것은 당연히 알았고 말이지. 나는 그곳에 자네의 자유가 있을 줄 알았어. 자네는 자유를 찾아 떠났으니까! 그런데 자네는 전혀 그래 보이지 않았네. 당장 오늘까지도 말이지. 그리고 오늘 확신했지! 자네에게는 자유가 필요하다는 것을! 집착과 고통은 우리를 좀먹을 뿐이야. 자네가 옷을 만드는 것에 대해 내가 아무 말도 할 수 없지만, 우리는 우리만이 아는 자유를 이야기할 수 있지. 우리의 어린 날의 추억엔 고통이 없었어. 제발 그날들을 잊지 말아 주게나.

끝난 것 같던 편지는 몇 장이 더 있었다. 나는 최대한 덤덤하게 보이려

어느 늙은 테일러의 구원

노력하며 장을 넘겼다.

오늘 자네가 나의 옷을 만들어 준다고 했지. 나는 일찍 일어나 자네의 집으로 가야 하지만 잠이 오질 않아. 내 이기심과 오판에 자네를 또다시 고통으로 밀어 넣은 것만 같거든. 나는 죽음이 두렵네. 죽음을 원해 본 적도 없어. 나의 사랑하는 아내가 죽었을 때 죽을 만큼 힘들었지만 죽기는 무서운 이기심이 들었어. 나는 이렇게 나약한 존재일세. 이 세상에 내 마음대로 되는 것은 없고 내 힘으로 할 수 있는 것이 하나도 없지.

나는 욥의 친구들처럼 자네에게 말할 자격도 없네. 그 교만조차 부릴 여유가 없어. 그 죄인조차도 못 되는 나지만, 나는 그저 내가 그 안에서 구원받고 삶의 의미를 깨달았듯이 자네도 그 축복을 깨닫기를 원했어. 그래서 교회로 자네를 이끌었지. 그러나 나는 모르겠네. 나는 옳다고 생각했어. 자네를 다시금 교회로 이끈 그것을 말이야. 그러나 나는 욥의 친구들처럼 죄인이 되어 버렸지. 나는 아직도 주님이 나를 왜 그렇게 이끄셨는지를 알지 못하겠네. 그리고 자네를 왜 고통에 두시는지 알지 못하겠어. 물론 나 같은 범인(凡人)이 그것을 어찌 알겠나? 그렇지만 정말로! 진심으로! 나는 자네를 고통 안에 두기 싫었어! 그러나 원치 않는 죽음이 나를 기다리니 나는 무엇을 어떻게 해야 할지 모르겠네. 심지어 나의 시간이 그리 오래 남지 않은 것도 모르고 오늘 자네의 다짐과 확언을 들으니 더욱 죄책감에 빠지게 되는군…. 미안해.

정말 미안하네. 이 괴로움과 죄책감을 어떻게 해야 할지 모르겠
어. 내일 자네의 얼굴을 어찌 볼까 싶어. 자네는 또 고통에 빠지
겠지. 부디 내가 그 옷이 마무리될 때까지 살고 싶군…. 이 나이
에 이렇게도 삶을 구걸하다니. 나를 용서해 주게나…. 자네가 나
를 용서해 줬으면 좋겠네. 진심으로 말이야. 그러나 잊지 말게.
하나님은 자네를 사랑하셔. 그리고 자네를 이끄시지. 자네는 버
려졌다고 생각하겠지만, 욥을 보게나. 욥의 회개를 기억하게. 나
는 그렇게 믿어 의심치 않아. 그리고 마지막으로 이 편지가 자네
에게 전해지지 않기를 진심으로 바라네.
-자네를 정말로 아끼고 사랑하는 친구, 데이빗(David)으로부터

나는 친구의 편지를 몇 번이고 다시 읽었다. 그리고 다시 고이 접어 편
지봉투에 넣으려 보니 그 안에 휘갈겨 적은, 조금은 꾸깃한 작은 종이
가 하나 더 있었다.

P.S. 마지막으로 자네에게 부탁 두 개만 하지. 하나는 청년에게
고맙다는 이야기를 꼭 해 주게. 내 마지막 부탁은 그 청년에게 전
해졌거든. 아마 이 편지를 보게 될 것도 그 청년 덕분일 걸세. 둘
째는 내가 못 한 일에 대한 속죄이기도 하네. 자네도 제자를 받는
게 어떤가. 나이 때문에 비웃을 수도 있겠지만 나는 오늘 자네의
이야기를 듣고 자네도 제자가 있으면 어떨까 싶어. 그 청년은 어
떤가. 내 눈에는 참 좋은 사람인 것 같던데. 그리고 정말 마지막

어느 늙은 테일러의 구원

*으로, 고통스럽다면 우리는 그저 항상 나약한 존재임을 잊지 말
아 주게나. 나약함을 인정하고 그저 엎드리게. 그게 우리가 할 수
있는 유일한 것이야.*

아마 친구의 마지막 유언인가 싶었다. 그러나 나에겐 그것을 생각할
여유는 없었다. 친구의 죽음은 나에게 전혀 준비되지 않았기 때문이었
다. 어떻게 반응해야 할지 몰랐다. 내가 할 수 있는 것이라고는 아무것
도 없었다. 친구의 편지에 적혀 있듯이 나는 너무나도 나약한 존재임
이 분명했다. 나는 이 현실을 받아들일 수 없었고, 옷걸이에 걸려 있던
그 아름답던 옷은 이제 증오스럽게까지 느껴졌다. 내 마음속에는 슬픔
과 분노가 복합적으로 몰려왔다. 나는 일어나 아무 말 없이 창밖만 내
다보았다.

"오늘은 다른 날보다도 안개가 심한 것 같군. 마치 내 상황과 같아.
이기적이군…. 이기적이야…. 어찌도 이렇게 이기적이게 떠날 수가
있나…."
청년은 가만히 책상만 바라보았다.

"미안하네. 자네에게 미안해. 왜 이다지도 힘든 일을 자네가 지금 감
당하고 있는지를 모르겠어…. 크리스마스 밤의 이야기를 더 듣고 싶
군…. 나에게 그날 자네에게 친구가 부탁한 것들을 이야기해 줄 수 있
겠나?"

"네, 물론입니다…. 친구분께서는 선생님의 걱정을 무척이나 많이 하
셨습니다. 누구보다 강해 보이고 굳건해 보이지만 그 누구보다 여린

사람이라 말씀해 주셨죠. 자신은 그것이 너무 서글프다고 그러셨습니다. 또한 선생님을 고통에서 꺼내고 싶어 하셨지만, 자신에게 남은 시간은 별로 없는 것에 무척이나 힘들어 하셨습니다. 그리고 선생님께 그 어떤 피해도 끼치고 싶지 않았지만 너무나도 큰 폐를 끼치고 있음에 힘들어하시기도 했습니다. 그래서 선생님께서 받으실 고통을 저에게 부탁하셨습니다…."

"이기적인 친구군…. 초면인 사람에게 그렇게 부탁을 하니 말이야. 사실 아직도 나에겐 친구의 죽음이 거짓 같아. 이 편지조차도 친구의 장난인 것만 같네. 장난을 좋아하던 친구였으니 말이지…."

나는 말을 더 잇지 못했다. 얼마만큼의 침묵 후 나는 다시 청년에게 물었다.

"친구의 죽음이 정말 사실인가?"

친구는 워낙 장난기가 많았기에 나는 이것조차도 친구의 장난이기를 바랐다.

"저도 받아들이기 쉽지 않지만… 맞습니다."

"그럼 지금 옷을 입고 나가지. 친구를 봐야겠네. 내가 확인을 해야겠어. 어디로 가면 되나."

"지금 교회에서 장례를 준비 중입니다. 아마 내일 아침이나 되어야 준비가 다 끝날 것 같습니다."

"지금 당장 봐야겠네."

"그럼 일단 같이 가 보시죠."

"바로 옷을 입고 나올 테니 조금만 기다리게."

나는 빠르게 옷을 입고 나왔다.

"기다리게 해서 미안하군. 빨리 가지."

　나와 청년은 짙은 안개와 안개비를 뚫고 교회로 향했다. 앞이 안 보일 정도로 심한 안개와 안개비는 겨울의 추위에 나를 더욱 고립시켰다. 청년은 눈치를 보며 나를 이끌었다. 도착한 교회는 잔인하리만치 고독하게 느껴졌다. 도착한 교회의 문을 열기가 나는 너무나도 두려웠고, 청년은 나를 이해했는지 조용히 양해를 구하고 문을 열었다.

"오셨습니까."

목사는 나를 보고 인사했다.

"제 친구! 제 친구는 어디 있습니까?!"

"저를 따라 오시지요."

나는 주위를 살필 정신도 없이 목사를 닦달하며 따라갔다. 친구는 나의 마음을 아는지 모르는지, 그 편지는 거짓으로 쓰여진 것마냥 평온한 얼굴로 나를 맞이했다. 이기적인 친구는 그렇게 누워 있었다. 나의 다리는 힘을 잃고 무너져 내렸다. 그러나 눈물은 나지 않았다. 누워 있는 친구를 보니 앞선 호들갑은 사라지고 오히려 멍해졌다. 슬픔과 고통보다는 그저 친구의 죽음을 탓하기도, 인정하기도 싫은 복잡한 마음이 앞섰다. 친구의 말처럼 우리는 나약한 존재였다. 무턱대고 찾아온 죽음 앞에서는 아무것도 할 수 없었으며, 이다지도 오만하며 나약한 존재는 아마 우리 인간이란 존재들뿐일 것이라는 생각이 들었다. 그

강하고 건물이 떠나가게 웃던 그 친구는 생전 처음 보는 평온한 미소로 세상을 떠나고 있었다. 나는 그의 손을 잡고 멍하니 그의 미소만을 바라보았다. 나는 정신을 차리려 노력했다. 풀렸던 다리를 일으키는 데에는 시간이 조금 걸렸으나 겨우 일어나 조용히 기도하고 있던 청년에게 물었다.

"아들한테도 연락을 해야 할 텐데…. 어찌 방법이 없겠나?"

"아드님께서는 아마 내일 오실 겁니다. 친구분께서 이미 연락을 보내두셨고 저희도 부탁대로 다시 한번 연락을 드렸는데 이미 출발하셨다고 전해 들었습니다."

"그렇군…. 고맙네. 내가 해야 할 일들을 일면식도 없던 자네가 다 해주었구만."

나는 청년에게 감사를 전했다.

"정신이 없어 깜빡할 뻔했군요. 아까 제 무례를 용서해 주실 수 있겠습니까? 제정신이 아니었어서…. 실례가 정말 많았습니다."

나는 문득 생각이나 뒤를 돌아 목사에게 무례에 대한 용서를 구했다.

"괜찮습니다. 다 이해합니다. 저였으면 더 격하게 행동을 했을 겁니다. 이런 이야기를 전하게 되어 죄송할 따름입니다."

"아닙니다. 죄송하다뇨. 제가 너무 감사드립니다. 너무 갑작스러워 정말 경황이 없었습니다."

"그럼 편하신 만큼 같이 계셔 주시지요. 내일 오전에 오시면 장례가 다 준비되어 있을 겁니다."

"정말로… 정말로… 감사드립니다. 자네도 정말 고맙네."

목사는 인사를 하고 자리를 피해 주었다. 청년도 자리를 피하는 목사에게 인사를 하고 대답했다.

"아닙니다. 할 일을 했을 뿐인데요."

"그렇게 말해 주니 고맙네. 나는 이제 집에 가야겠어. 친구 얼굴을 더 보고 있기 힘들구만…."

"제가 모셔다 드리겠습니다."

"괜찮네. 자네도 얼른 쉬지 그러나. 내일 또 일도 하러 가야하지 않나."

"아닙니다. 일단 나가시죠."

"그럼 염치없이 부탁하지. 고맙구만."

청년은 다리 힘이 풀린 나를 부축하고 교회를 빠져나왔다. 청년은 힘든 내색 없이 그리고 아무 말도 없이 짙은 안개와 안개비 속에서 집으로 나를 인도했다.

"오늘은 정말 고맙네. 내가 평생 못 갚을 빛을 졌군. 그럼 조심히 들어가게나."

"네. 푹 쉬시고 내일 뵙겠습니다."

청년은 그렇게 돌아갔다. 친구의 죽음을 애도하듯 이미 차갑게 식어버린 집은 나를 밀어내는 듯 했다. 나는 다시금 집안의 온도를 올리고 자리에 누웠다. 이상하리만치 냉철한 그런 밤이었다. 폭풍 전 고요일까? 친구의 마지막 밤은 그렇게 끝나 가고 있었다.

어젯밤의 충격이었을까. 아니면 피로가 쌓인 탓이었을까. 나의 아침은 평소보다 늦게 시작되었다. 나는 얼른 정신을 차리고 교회로 향했다. 친구의 아들과 그 가족이 보였다.

"자네 왔나. 오랜만일세."

"안녕하세요. 오랜만에 뵙습니다."

"오랜만에 보는 것인데 이런 일로 보게 되어 마음이 착잡하구만."

"그러게 말입니다. 좋은 일로 뵙게 되었으면 더 좋았을 텐데요…. 인사드려. 할아버지 친구분이시란다."

"안녕하세요."

"안녕하세요."

친구의 손자들은 가정도 생기고 아저씨가 다 되어 있었다.

"어릴 때 봤었는데 벌써 이렇게 크고 가정들까지 꾸려 애도 낳고 아저씨가 다 되었다니. 내가 늙긴 했나 보군. 그건 그렇고 정말 일찍 왔구만."

"두 달 전 아버지께서 연락을 보내오셨습니다. 몸이 안 좋으셔서 런던에 의사를 찾아가신다고 하셨죠. 어차피 저도 은퇴하여 할 일도 없어 같이 오겠다 했는데 아버지께선 극구 말리셨습니다. 그리고 어차피 친구도 있으니 걱정 말라고도 하셨죠. 그러나 며칠 전 아버지는 얼마 시간이 남지 않았고 다시 돌아가기도 힘드니 저보고 와서 같이 시간을 보내 달라고 하셨습니다. 그리고 이틀 전 급한 연락으로 가족 전부를 찾으셔서 이렇게 늦지 않게 도착했습니다."

"다행이군. 예나 지금이나 참 준비성이 좋은 친구야. 근데 다른 사람들에게는 준비할 시간을 주지도 않았구만…. 아버지의 얼굴은 봤나?"

"저는 아직입니다. 막상 보려니 발이 떨어지지 않고, 임종을 지키지 못했다고 생각하니 죄책감이 몰려와 일단 가족들에게만 부탁하고 저는 망설이고 있었습니다….."

"너무 그러지 말게나. 그건 내가 내 부모에게 했던 죄와도 같은 걸세. 자네도 알지 않나. 일단 얼른 들어가서 인사를 드리게. 그게 지금 자네가 가장 먼저 할 일이야."

"네, 그럼 다녀오겠습니다."

나는 친구의 아들을 기다려 주었다. 기다림 안에는 꽤나 많은 울음소리가 들려왔다. 나의 감정은 동요되었으나 아직은 무엇을 어떻게 받아들여야 할지 가늠이 되지 않아, 멍하게 서 있기만 했다.

"안녕하세요, 선생님."

청년이었다.

"자네는 출근도 하지 않고 왜 여기 있나?"

"아침에 출근하여 사정을 말씀드리고 휴가를 내었습니다."

"자네가 그렇게까지 하지 않아도 되는데…."

"제 마음이 그래서 그랬습니다. 선생님은 어떻게 좀 괜찮으신가요?"

"잘 모르겠네."

"아마 곧 목사님께서 오셔서 기도를 시작하실 겁니다. 이제 진짜 마지막으로 친구를 보실 수 있습니다. 빨리 들어가시죠."

나의 발은 떨어지지 않았다. 친구의 아들과 같이 나의 발도 떨어지지 않았다. 나는 어떤 죄책감도 없었다. 그럼에도 발은 떨어지지 않았다. 아마 두려움이었으리라. 그렇게 친구를 보게 되면 친구를 정말 보지 못한다는, 이제 내 인생을 기억해 줄 사람이 이 세상에 존재하지 않는다는 것을 인정해야 하는 것이었다. 그럼에도 이것은 현실이고, 내가 부모의 장례를 보지 못한 것에 대한 나지막한 후회가 생각이 나, 나는 움직이지 않는 발을 어떻게든 친구에게로 끌고 갔다. 친구의 아들은 자신의 아버지의 손을 잡고 펑펑 울고 있었다. 이미 친구의 아들의 나이가 70에 가까우니 인생 풍파를 다 겪고, 인생의 마침표가 더 가까운 할아버지임에도 불구하고 부모의 죽음이 불러일으키는 인생에 절대 준비가 되지 않을 눈물은 더욱이 아파 보였다. 나는 들썩이는 친구 아들의 어깨에 손을 올리고 되지 않을 위로와 함께 속으로 친구에게 마지막으로 하고 싶은 말을 했다. 만약 그 말이 새어 나왔다면, 친구의 아들은 아버지를 보내는 데 더 고통스러워할 것이 뻔했다. 그래서 나는 새어 나오는 목소리를 어떻게든 참으려 노력했다.

　얼마 뒤 목사가 들어왔다. 목사는 여태 본 그 어느 때보다도 경건한 모습이었다. 목사는 잠긴 목소리로 말했다.
"우리의 형제 데이빗을 위하여 기도드리겠습니다."
이제 진짜 마지막이고 그것이 현실이었다. 나도 모르게 부정하고 있던 친구의 죽음은 이 기도로 현실이 되기 시작했다. 나는 당장에 목사의 입을 막고 싶었다. 급작스럽게 닥쳐온 현실은 나에게 감당이 되지 않기 시작했다. 내가 현실을 부정하는 동안 기도는 끝나고 마지막으로 가족들이 인사를 하기 시작했다. 그들은 흐느꼈으며, 울며 소리치기도

했다. 그들에게서는 아버지를 혹은 할아버지를 향한 사랑과 존경이 느껴졌다. 또한 친구의 삶과 행실이 어땠는지도 보였다. 나도 마지막으로 친구 앞에 섰다. 무슨 말을 해야 할지 몰랐다. 나는 마지막으로 친구의 손을 잡고 전하지 못한 말을, 후회하지 않을 말을 찾으려 노력하고 겨우 한마디를 내뱉을 수 있었다.

"고맙네."

친구의 아들은 나의 마지막 인사를 듣고 눈물로 범벅인 얼굴과 함께 내 손을 잡고 목소리를 떨며 말했다.

"감사합니다. 정말 감사합니다."

나에겐 그를 위로할 말주변은 없었음에 그저 조용히 그를 안아 주었고, 친구의 관은 닫히기 시작했다. 이제 친구는 이 세상에 없는 존재가 되었다.

제9장

친구는 관에 갇힌 채 땅으로 묻힐 준비를 마쳤다. 수많은 울음과 기도 그리고 찬송 속에서 친구는, 나의 초인은 그렇게 허무하게 그렇게 사라졌다. 장례가 끝난 후 나는 친구의 아들에게 조심히 다가가 말을 건넸다.

"런던에는 언제까지 있나?"

"한 일주일 정도는 더 있을 것 같습니다."

"그렇다면…."

나는 주섬주섬 주머니에서 집에서 준비해 온 조그마한 쪽지 한 장을 꺼내 건넸다.

"여기 내 주소일세. 무슨 일이 있다면 여기로 찾아오게나."

"감사합니다."

"감사하긴. 그럼 다음에 보지."

"예. 조심히 들어가세요. 정말 감사했습니다."

"그래. 자네도 잘 추스르고."

나는 몸을 틀어 청년에게 향했다.

"다시 한번 고맙네. 이 빚을 어떻게 갚아야 할지 모르겠어. 자네만 괜찮다면 이번 일요일에 이야기를 좀 나누지."

나는 친구의 유언을 적극적으로 받아들일 심산이었다.

"네, 그럼 댁으로 제가 찾아가면 될까요?

"아니. 내가 예배가 끝날 즈음 교회로 오지. 자네를 또 집으로 부르는 것은 너무나도 염치없는 일이야. 그럼 그때 보지."

"네, 선생님. 그럼 그날 뵙는 것으로 하고, 조심히 들어가시길 바라겠습니다."

"그래. 다시 한번 정말 고맙네."

나는 떠나던 발을 멈추고 다시 청년을 불러 세웠다.

"못 전한 말이 있는데, 친구가 정말 고맙다고 그러더만. 꼭 전해 달라고 하여 이렇게 전하네."

나는 그대로 등을 돌려 집으로 돌아왔다. 무언가 전부 끝난 것 같은 생각이 들었다. 옷걸이에 덩그러니 걸려 있는 미완성된 아름다운 재킷은 책망이라도 하듯이 나를 노려보았다. 나는 무기력하게 그 앞에 앉았다. 이제 이 옷은 주인을 잃은 옷이 되었고, 주인을 잃은 옷은 그저 천 쪼가리에 불과할 뿐이었다. 친구가 죽으며 이 옷도 죽은 옷이 되었다. 이제야 나는 친구의 죽음이 실감나기 시작했다. 참아 온 것이었을까. 어느샌가 눈물은 흐르고 있었다. 그리고 친구의 죽음은 고통이 되어 천천히 나를 잠식하기 시작했다. 나는 또 버려진 것과 같은 느낌을 받았다. 친구가 나에게 교회에 가자고 하여 간 것도, 내가 옷을 지어 준다고 했던 것도 모두 후회가 되었다. 나는 내 감정에 너무 교만했다. 오랜만에 본 친구의 웃음이 좋았고 옛날이야기 또한 좋았다. 친구는 나를 이해해 주는 유일한 존재였으며 옛날이야기를 나눌 수 있는 유일한 존재였고 내 치부를 드러내도 괜찮은 그런 유일한 존재였다. 아주 오랜만에 본 것이었지만 당장에 어제 본 것 같았고 어쩔 땐 부모보다 더 부모 같았으며 스승일 때도 많았다. 나는 그 감정에 취했었다. 그러나 친구는 그 감정을 잔인하리만치 난도질하며 찢어 버렸고, 이제 나에게 그를 추억할 수 있는 것은 편지와 이제는 의미가 없어진 다이어리에 적힌 숫자들뿐이었다. 옷은 그것을 아는지 모르는지 옷걸이 위에 고고하게 앉아 계속하여 나를 노려보고 있었고 나는 그 앞에 벌벌 떨며 눈물을 흘릴 수밖에는 없었다. 나는 만들던 옷을 눈앞에서 치워 버리고 싶었으나 그러지는 못했다. 친구가 부탁했을 때, 그날에 내가 바로 시작했다면 친구는 이 미완성된 옷을 걸쳐 보기라도 했을 것이었다. 그렇게 되었다면 친구의 죽음은 조금 더 미련 없었을 것 같다는 자기중심적인 생각이 들었다. 그리고 그 생각은 마치 친구의 죽음이 내 죄인 것처럼 느끼게 했다. 나는 더 이상 제정신으로 있을 수 없었다. 그리고 나에게도 죽음의 두려움이 몰려왔다. 나는 여태 죽음만을 원했다. 그러나 나의 죽음은 아름답지 않을 것이 뻔했다. 죽음은 죽음으로 끝나는 것이 아니었다. 죽음은 죽은 후에, 관에 묻혔을 때 완성이 되는 것이었다. 그것은 죽음에만 집중하던 어릴 때에는 보이지 않았고, 이제와 죽을 때가 되니 눈에 보였다. 친구의 유언은 그것을 나에게 말하려던 것일 수도 있다는 생각을 했다. 나는 그저 내가 가진 것을 가르쳐 주기만 할 생각으로 한 말이었지만 오늘 내게 감정이 휘몰아쳐 청년과 잡은 그 약속은 그 의미만은 아닌 것 같았다. 끝없는 고통에 대한 해석과 유언에 대한 해석 그리고 현실을 마주해야만 하는 것에 오늘의 나는 더 이상 존재하기 힘들었다. 삶의 괴리와 죽음의 괴리 그리고 감정의 괴리가 나를 끝없이 파고들었다. 나는 이 감정을 토로할, 이 상황을 벗어날 존재를 찾아야만 했고, 항상 그랬듯 신에게 나의 고통을 토해 내었다.

"제발! 부디 제발! 저를 그냥 가만히 두어 주시면 안 되시겠습니까?! 저는 이미 충분히 고통스럽습니다! 저는 언제까지 이렇게 고통만을 마주해야 합니까! 제가 원하는 것은, 마주한 것은 다 허상이자 신기루였습니까? 이미 그리 오랜 고통에 저를 던져두고서도 다시금 저를 고통에 내모는 것입니까! 왜 항상 저를 그런 곳에만 이끄시는 것입니까! 그리고 저는 왜 또 친구의 옷을 지은 것입니까! 이미 다 알고 계시면서도! 도대체 왜! 부디 저를 조금만이라도 불쌍히 여겨 주시옵소서…. 제발 부탁드립니다. 저는 정말 제 인생에 주어진 고통들을 감당할 자신이 없습니다. 이미 너무 오랜 시간 무너져 내렸고 더 이상 무너져 내릴 힘도 없는 늙은이입니다. 제가 왜 이런 고통을 받아야 하는지 모르겠습니다! 제가 어린 날에 부모에게 죄를 지어서입니까? 아니면 어린 날에 남에게 거짓을 말해서입니까? 부디…. 제발 부디! 응답해 주시옵소서…. 울며 수없는 날을 기도 했지만 저는 여태 그 어떤 답도 듣지 못했습니다. 진심으로 구했음에도 불구하고 그 어떤 것도 저는 듣지 못하였고 원하는 것이 손에 잡힌 적도 없습니다. 저는 며칠 전 옷을 지으며 본 그것이! 그 아름다움이! 저에게 주신 마지막 선물이자 다 뜻이 있는 무엇의 구원인 줄로만 알았습니다! 제 감사와 새로운 감정들은 도대체 어디로 간 것입니까. 감사로 만들어지던 그것은 그저 주인 잃은 천 쪼가리로만 남았습니다. 그것이 구원입니까? 저는 이것을 제 힘으로는 이해할 수 없습니다. 도대체 이해가 가지 않습니다. 그것은 누구를 위한 것이었습니까? 친구는 그 옷을 입어 보지도 못하고 저는 완성시키지도 못했습니다. 아무도 구원받지 못한 그것을 도대체 왜 제 손에 쥐어 주신 겁니까! 이제는 제발 부디, 제발 답을 들려주시옵소서! 저는 더 이상 고통받기 싫습니다. 이제는 정말 괴로워 참을 수가 없습니다. 왜 제가 아닌 제 친구를 먼저 데려가셨는지 설명이라도 해 주시옵소서. 분명 괴로운 건 저인데! 도대체 왜!"

나는 쓰러졌다. 더 이상 무언가를 할 수도 숨을 쉬기도 힘들 정도로 상기되었다. 그렇게 모든 힘을 쏟아부은 나는 나도 모르게 잠이 들었다.

일요일이 오기까지 나의 모든 날은 새해인 것도 잊은 채 그렇게 존재했다. 잠에서 깨면 신에게 구하고, 그러다 지치면 잠이 드는 그런 단조로운 일상이었다. 나는 나를 끝없이 갉아먹었으며 그 끝은 누구도 알 수 없었다. 다가온 일요일에 나는 겨우 정신을 차려 예배가 끝나는 시간에 맞춰 교회로 향했다. 청년과의 약속은 지켜야만 했다. 청년은 무엇이 그렇게 좋은지 환한 미소로 교인들과 인사를 하고 이야기를 나누고 있었다. 내가 낄 공간은 그 어떤 곳에도 있어 보이지는 않았다. 내가 분명 크리스마스에 이곳에 녹아들 수 있었던 이유는 신도 아니고 청년도 아닌 오로지 친구 덕분이었다. 그렇기에 이곳에 오는 것이 꺼려졌

지만 나는 어쩔 수 없이 발걸음을 향했을 뿐이었다. 청년은 우물쭈물
하는 나를 보고 버선발로 뛰어나왔다.

"오셨습니까. 식사는 하셨나요?"

"입맛이 없어서 식사는 걸렀네. 자네는 식사는 했는가?"

"네, 방금 먹은 참입니다. 그럼 들어가시죠."

"그러지."

청년은 나를 연회장으로 이끌었다. 그곳엔 많은 사람들이 식사를 하고
있었다.

"조금 시끄럽지만 이곳밖에 이야기를 나눌 곳이 없는데 괜찮으실지요?"

"물론이네."

나는 앉아 사람들을 바라보았다. 그 많은 사람 중 표정이 가장 안 좋은
사람은 나였다. 살아가는 얼굴들에는 많은 감정들이 보였다. 그들의
고통이 나보다 가볍다면, 그건 너무나도 부러운 것이었다. 청년은 나
를 보며 물었다.

"괜찮으십니까?"

"물론이지 괜찮고말고. 너무나도 괜찮아서 곤란할 지경일세."

누가 봐도 그렇지 않다는 것을 알아챌 수 있었지만, 나는 나도 모르게
거짓말을 했다. 교회에서 거짓말을 하는 것이 옳지 않을 수도 있겠다
는 죄책감이 들어 어색한 침묵 후에 나는 입을 뗐다.

"사실 괜찮지만은 않군. 버티기가 쉬운 일이 아니야."

"친구분의 죽음 때문에 그러십니까?"

"그것도 잘 모르겠네. 처음엔 그런 줄로만 알았지만 마냥 그렇지만도

않은 것 같군. 내 문제야. 내 인생은 죽음을 목전에 둔 이 순간마저 왜 이리도 고통스러운지 모르겠네.”

청년은 깊게 고민하는 듯 보였고, 이내 조심스레 나에게 말했다.

“저는 선생님만큼 오래 살지도 못했고 선생님만큼의 지혜와 지식도 없습니다. 그러나 선생님의 그런 모습을 그냥 보고 있자니 저는 주제 넘지만 꼭 드리고 싶은 말이 있습니다. 먼저, 제 무례를 용서해 주시면 감사하겠습니다.”

나는 얼떨떨했지만 청년의 이야기를 듣고자 했다.

“그럼 부디 해 주게나.”

“선생님께서는 항상 고통에 대해 이야기하십니다. 그리고 그 선생님이 말씀하시는 고통은 사랑과 자신에게서 비롯된 것이 대부분입니다. 하지만 고통은 거기에만 있다고 장담할 수 있겠습니까? 세상에는 여러 가지 고통이 존재합니다. 그리고 고통의 크기는 개인이 가늠할 수 없는 것입니다. 나에게는 별거 아닌 일이 남에게는 클 수 있으며 나에게는 큰 것이 남에게는 작을 수도 있습니다. 고통은 그렇게 악마와도 같이 존재합니다. 선생님이 말씀하시는 것 같은 진정한 사랑은 절대적으로 하나로 통하며 그것은 거대하고 우리가 가늠조차 할 수 없습니다. 저는 종교인이라 이렇게 말할 수밖에는 없지만, 하나님의 사랑이 그렇죠. 하지만 고통은 말씀드렸듯 그 차이가 존재합니다. 고통이 거대하고 절대적으로 가늠할 수 없다면 인류는 이미 존재하지 않았을 겁니다. 그렇기에 이것은 악마의 속삭임과도 다름없습니다. 작은 고통으로도 인간을 무너뜨릴 수 있고 종류 또한 다양하니 이 얼마나 악마들에게 재미있고 쉬운 일이겠습니까? 하나님은 말씀하셨습니다. 우리에게 감당할 수 있을 만큼의 고통을 주신다고 말입니다. 그것이 사랑과 같이 가늠할 수 없는 것이라면 우리는 그 고통을 이겨 낼 수 없습니다. 그러나 이는 개인이 가늠할 수는 없지만 그 끝이 있다는 것을 의미합니다. 그렇기에 우리는 그 고통을 이겨 낼 수 있으며, 물론 그 이겨 냄 또한 도와주심에 틀림없습니다. 저는 이름도 출신도 모릅니다. 어디서 태어났으며 누가 저를 낳았는지도 알지 못합니다. 이 고통을 선생님께서는 아십니까? 아마 이해한다고 하시더라도 저만큼은 아시지 못할 겁니다. 제 출생은 고통과의 시작이었습니다. 저는 이 고통을 받아들이기 힘들었습니다. 그리고 왜 저한테만 이런 고통이 주어지나 많이 울며 기도도 드렸습니다. 그러나 바뀌는 것은 없었습니다. 선생님께서도 바뀌는 것이 없는 그 절망을 아시지 않습니까? 저 또한 선생님처럼 절망을 뿌리치려 많은 노력을 했습니다. 그럼에도 절망은 사라지지 않았습니다. 그것이 제 태생인데 그것을 어찌 없앨 수 있겠습니까? 그러나 그것을 받아들이는 그 순간 죽음으로 저를 부르는 그 달콤하게 들리던 악마의 속삭임은 사라지고 감사함이 느껴졌습니다. 아주 역설적이고 이해하기 힘든 것이지만 정말로 그랬습니다. 선생님께서 저를 처음 만났을 때 그러셨죠. 고통 속에 어찌 그리 감사하냐고. 저는 그 절망과 고통을 회피하지도 그렇다고 절망하며 부수어져 포기하지도 않았습니다. 절망과 고통은 그냥 그대로 존재하기에 그 존재를 인정했을 뿐입니다. 그것의 존재를 인정하여 저와 분리해 내는 순간 제 삶은 다르게 존재하기 시작했습니다. 고통은 저에게 그런 것이었습니다. 지나고 나니 감당하고 말고의 문제 또한 아니었습니다. 선생님께서는 삶에 집중하셨다고 하셨습니다. 하지만 저에게는 그저 회피로밖에 보이지 않았습니다. 물론 선생님이 회피를 통하여 깨달으신 직업 철학과 옷에 대한 철학 그리고 그 마음가짐을 비하할 생각은 눈곱만큼도 없습니다. 오히려 제가 가지지 못한 그 깊고 위대한 생각과 마음가짐을 저는 존경하고 그것이 너무나도 옳다고 생각하고 있습니다. 그러나 그것에 있어 선생님이 옳은 일을 행하신 것인가는 의문입니다. 선생님은 선생님의 삶을 사셨습니까? 삶은 저희에게 함부로 주어지지 않습니다. 태어남이 있으면 이유가 있고 이유가 있으면 저희는 묵묵히 행해야 합니다. 선생님이 행하신 일은 이유가 있는 것이었습니까? 자신을 위하는 것이 아닌 진정한 이유 말입니다. 선생님께 감정과 사랑이 너무나도 중요한 것을 압니다. 그러나 선생님께서는 오히려 그것이 주는 고통을 탐닉하고 계시는 것이 아닌가 생각이 듭니다. 고통을 이겨 내려고 하시지는 않으셨습니까? 이것은 회피에 대한 이야기가 아닙니다. 회피는 이겨 냄이 아닙니다. 이겨 냄이란 그것을 넘어서는 것입니다. 그것을 넘어섰을 때만이 감사가 느껴집니다. 그리고 그때만이 우리는 선물을 받을 수 있습니다. 런던에 널린 기름때를 뒤집어쓰고 하루하루 벌어먹는 수많은 노동자들을 보십시오. 저 거리에 고통받는 수많은 사람들을 보십시오. 그들은 고통이 없겠습니까? 그들이 살아가는 모습은 너무나 힘들어 보이지만 그들이 살아 내는 모습은 너무나도 숭고합니다. 그에 비해 선생님은 너무나도 교만하여 보이십니다. 그렇게 많이 가지셨으면서 분노하시고, 주변을 돌아보기는커녕 자신에게 화만 내며 그렇게 많이 주셨음에도 신에게 탓만 하고 계십니다. 선생님께서 아무리 예의를 차리고 신사라고 한들 그게 다 무슨 소용이겠습니까? 그리고 그것은 인간이라면 당연히 그래야만 합니다. 존중, 배려, 예의는 당연한 덕목이자 인간이 지켜야 하는 규율입니다. 그러나 그것에 우월해하시진 않으셨습니까? 밖에서는 그렇게 보이지만 속으로는 교만한데 이보다 웃긴 일이 또 어디에 있겠습니까? 제발 분노하지 마시고 제대로 마주해야 합니다. 그것을 즐기는 것이 아닌 그 달콤한 속삭임을 떨쳐 내야만 합니다. 회개하고 엎드려 삶을 구해야만 합니다. 선생님이 그렇게도 죽음을 노래하셨지만 또 새로운 고통이 와 고통스러운 것은 아마 선생님의 교만과 회개의 부재 그리고 삶의 부정이지 않나 싶습니다. 다 이야기해 놓고 웃긴 말이지만… 이렇게 말씀드려 정말 죄송합니다."

가만히 듣고 있던 나는 중간에 화가 났지만 냉정하게 들었을 때 청년의 말은 틀린 것이 없었다. 나는 나에게 분노하는 것이 맞았으며, 신에게 화만 내고 있었다. 나는 내가 제일 힘든 인간이라 생각했으며 남들은 힘들어도 나처럼 고귀하게 힘들다고 생각하지 않았다. 나는 회개한 적도 없었고 그렇다고 할 생각도 없었다. 나는 옷을 짓는 것과 그 관련된 모든 것에 진심이라고 생각했지만 그것은 회피가 만들어 낸 것이었다. 나의 모든 것은 교만이자 어리숙함이었다. 심지어 교만하다고 생각하고 오만하다고 생각하며 살았는데 그 생각 자체가 오히려 교만이었으며, 그 자아도취는 나의 눈을 가리고 더욱이 교만한 인간으로 만들었다. 나는 이것을 전부 고치기에는 시간이 없었다. 나는 조급해졌으며, 나이를 떠나 청년에게 가르침을 받고자 질문을 던졌다.

"그럼 내가 어떻게 해야 하나? 도대체 어떻게 해야지 되냔 말이야."

청년은 미소를 띠며 답해 주었다.

"회개하십시오. 회개는 자신을 버리는 것입니다. 이는 포기가 아닌 자신의 죄를 다시금 알고 그 죄에 대해 용서를 구하며 그 죄들에 대해 조심하며 행하지 않겠다는 것 그리고 자신의 욕심과 교만을 버리겠다는 것을 의미합니다. 어린아이가 잘못을 저질러 부모에게 용서를 비는 것과는 전혀 다른 차원의 일입니다. 물론 회개로 이 세상에서의 죄는 남들에게서 잊히지도 사라지지도 않겠지만, 자비로우신 사랑의 하나님께서는 용서해 주실 겁니다. 사실 제가 단언할 수 있는 것은 아니지만 저는 그렇게 믿고 있습니다. 물론 용서를 받았는지 받지 못했는지는 우리 인간은 이 세상에서는 알지 못합니다만, 나약한 인간이 무엇을 알 수 있겠습니까? 그러나 나약하기에 죄에서 빠져나와 이를 인정하여 용서를 빌어야 합니다. 그것은 악마의 속삭임에 놀아난 저희와 같은 사람에게는 필수적인 것입니다. 아마 그 속삭임이 달았다면 회개는 쓴약 같을 겁니다. 나의 죄를 피부에 새겨 만천하에 알리는데, 그것이 고통을 한순간에 끝내 줄 것만 같은 죽음보다 달 수 있겠습니까? 그러나 해야 합니다. 그 이유는 죽음은 절대 죽음으로 끝나지 않기 때문이기도 합니다."

나는 무너져 내렸다. 어린 아이가 어머니 품에 안겨 울 듯 모든 것을 쏟아 내며 울었다. 나의 모든 것은 거짓된 것 같았으며 내 인생은 죄 자체였다. 그 무엇도 나를 구할 수 없었다. 내가 기댈 곳도 없었다. 나는 내 위치에서 엄청난 노력을 했다고 생각했지만 그렇지 않았다. 내가 한 것은 노력이 아닌 분노의 표출이자 객기였다. 나는 그 어떤 노력도 하지 않은 죄인이었다. 회개를 하는 것조차 너무도 무서웠다. 내가 했던 그 수많은 행동에 벌을 받을 것만 같았다. 그러나 아마 이것이 내가 그토록 원한 구원의 빌미임에는 틀림없었다. 그렇지 않고서는 처음 흘려보는 듯한 이런 눈물이 날 수가 없었다. 나는 그 구원을 너무나도 받아들이고 싶었지만 나와는 너무 멀어 보였다. 나는 그렇기에 내 죄를 마주해야만 했다. 어디서부터 시작해야 할지 몰랐다. 나의 나약함은 이렇게 세상에 드러났다.

제10장

청년은 어린아이와도 같이 우는 나를 가만히 두었다. 그는 자신이 위로를 할 수 없음을 정확히 알고 있었다. 나는 숨을 고르고 청년에게 말했다.

"저녁 즈음에 내 집으로 와 줄 수 있겠나? 못 한 얘기는 그때 하지. 지금은 혼자 있고 싶네. 괜찮겠나?"

"물론입니다. 그리고 다시 한번 제 무례함에 용서를 빌겠습니다."

"무례하다니. 오히려 고맙네. 나는 깨달았어! 일단 집에 얼른 가야겠네. 가기 전에 부탁 하나만 하지. 연필과 편지지 한 장만 줄 수 있나."

"네."

청년은 내가 부탁한 것을 가져다주었다. 나는 오랜 시간을 낭비하며 살아왔다는 그것을 끊어 내야 했기에 당장 나만이 할 수 있는 무언가를 먼저 해야 했다. 나는 다 적은 편지를 들고 청년에게 급하게 인사를 한 뒤 교회를 뛰쳐나갔다. 나는 구두를 닦을 일도 없으면서 내 구두를 닦아 주던 청년을 찾았다. 일요일이라 있을까 싶었지만 나는 지푸라기라도 잡을 생각으로 급하게 갔다. 다행히 청년은 구두를 닦고 있었다. 나는 인사도 없이 편지를 내밀며 말했다.

"자네! 자네는 이 편지를 들고 당장 세인트 제임스 거리(St James's Street)로! 여기 적힌 곳으로 가게나! 자네가 진심으로 구두를 사랑하고 구두를 만들어 보고 싶다면 당장에 이것을 들고 가게!"

"마스터, 갑자기 왜 이러시나요?"

"이것이 내가 지금 할 수 있는 유일한 선물일세! 나를 용서해 주게나!"

"저는 마스터께서 무슨 말씀을 하시는지 이해가 가지를 않습니다."

"자네는 구두를 만드는 삶을 살고 싶나?!"

"저야 그게 꿈이기는 합니다만…."

"그게 만약 거기 적힌 그곳이라면 어쩔 텐가?"

"그건 정말 있을 수가 없는 일입니다. 영국 최고인 곳에 제가 어떻게 가서 배울 수 있겠습니까?"

"방법이 있네! 이 편지는 내 추천서야. 서명까지 다 해 놓고 자네를 보내는 이유도 다 적어 놨지. 그곳의 주인은 나와 오랜 친구일세. 내 추천서를 진지하게 받아 줄 거야. 진짜로 자네가 하고 싶다면 그냥 이것을 들고 가 보게. 내가 해 줄 수 있는 것은 여기까지야. 그 다음은 자네가 쟁취해야겠지. 무슨 말인지 알겠나? 배우게 된다면 라스트(last : 구두 골)를 만드는 일부터 꼭 꼼꼼하게 배우게나! 남성복은 그렇게 존재해야 하니 말일세!"

"추천서와 조언은 감사합니다만 갑자기 왜…?"

"그냥 받아! 그럼 나는 가겠네. 그리고 무슨 일이 있다면 내 집으로 찾아오고. 잘 있게나!"

나는 집 주소를 알려 주고 자리를 피했다.

"마스터!"

손님 때문에 자리를 피할 수 없던 청년은 나를 계속해서 불렀지만 나는 들은 체도 하지 않고 서두르는 마음으로 집으로 향했다. 이러한 선행은 나의 죄를 조금이라도 상쇄시키려는 발악이었다. 집으로 돌아온 나는 바닥에 무릎을 꿇고 손을 모아 침대에 올려놨다. 죄를 마주하고자 했다. 나는 운을 떼기가 너무나 힘들었다. 그저 잘못을 비는 아이마냥 일단 죄송하다는 말만 반복하기 시작했다. 그 이상의 말은 또 실언이 될까, 내 죄가 더 깊어지지 않을까 하는 두려움도 몰려왔다. 나는 나의 잘못을 일일이 꺼내고자 하였다. 어린 날의 거짓말과 부모님께 지은 커다란 죄, 주위 사람들에게 피해를 끼친 죄, 말을 함부로 한 죄, 내 인생을 낭비한 죄, 교만한 죄, 내 자신이 항상 우선인 죄, 쾌락한 죄 그리고 삶을 소중히 하지 않고 가장 소중하고 중요하다고 생각한 사랑이 그 고통과 감정이 나를 죽이고자 한 것을 받아들인 죄. 나의 죄는 끝도 없었다. 나는 놓친 것은 없나 꼼꼼히 찾으며, 소리치며 용서를 빌었다. 나는 죄를 고하였음에도 더 나은 사람이 되기엔 시간이 없었다. 급하게 생각난 구두를 닦아 주던 청년을 위하는 정도밖에는 지금의 내가 할 수 있는 것은 없는 것 같았다.

펑둥-

어느 늙은 테일러의 구원

꽤 시간이 지나 도어벨이 울렸다. 아마 청년일 것이다. 나의 생각보다
는 일찍 왔다. 나의 몰골은 남이 봐 줄 수 있는 상황이 아니었지만 나는
추위에 내 장단에 맞춰 준 청년을 밖에 세워 둘 수 없어 이불에 얼굴을
비비고 일어나 문을 열었다. 청년이 아니었다.

"자네 왔는가. 잘 왔네."

"안녕하세요. 곧 다시 돌아가게 되어 감사의 인사를 드리고자 찾아왔
습니다."

친구의 아들이었다.

"내 지금 몰골이 말이 아니지만 일단 들어오게. 날이 춥지."

나는 남은 눈물을 훔치며 친구의 아들을 집으로 들였다. 친구의 아들
은 조금은 죄송하다는 얼굴로 조심스럽게 발걸음을 집 안으로 옮겼다.

"네, 그럼."

"뭐라도 마실 텐가?"

"아니요, 괜찮습니다. 금방 가야 돼서요. 정말 인사만 드리려 들렀습
니다."

"그렇구만."

"아버지의 마지막을 지켜 주셔서 정말 감사드립니다."

"아니야. 나는 한 게 없어. 그때 만난 그 청년 기억하나?"

"네."

"그 청년이 다 해 주었네. 내가 한 건 없어. 내가 한 것이라고는 누워
서 미소를 띠고 있는 모습을 본 것뿐이 없다네. 정말 교회와 그 청년이
다 해 주었지. 일면식도 없는데도 말이야. 참 감사할 뿐일세."

"그런 줄도 모르고 저는 감사의 인사를 제대로 전하지 못했군요…. 아, 그리고 한 가지 궁금한 것이 있는데…."

"말해 보게."

"옷을 다시 만드십니까?"

"갑자기 그건 왜 물어보나?"

"아버지께서 저에게 남기신 유언장에 그런 이야기가 적혀 있어 여쭤보았습니다."

"이미 주인 잃은 옷이 된 것이 하나가 있지. 한번 보겠나?"

"네, 그러면 감사드리겠습니다."

"이리로 오게나."

나는 옷이 있는 방으로 인도했다. 나를 노려만 보던 그 옷은 온순한 얼굴이 되어 있었다.

띵동—

도어벨이 울렸다.

"또 올 손님이 계셨나요? 전 그러면 가 보겠습니다."

"아니야. 아마 자네는 사랑을 받고 있는 것 같구만. 그 청년일 걸세. 여기서 기다리게나."

나는 문을 열어 주었다.

"안녕하세요. 제가 조금 일찍 왔을까요?"

청년의 손에는 무언가 들려 있었다.

"아닐세, 딱 맞는 순간에 왔어. 자네를 보고 싶어 하는 손님도 와 있으니 얼른 들어오게나."

"네. 그리고 이건 사죄의 의미로 빵을 좀 사 왔습니다."

"이러지 않아도 되는데…. 오히려 내가 대접을 해야 하는데 말이지…. 그래도 일단은 손님을 혼자 둘 순 없으니 자네도 이리 따라오게나. 이것을 보여 주려고 불렀어."

"옷 말씀이십니까?"

"그렇네."

나는 청년을 옷이 있는 방으로 데리고 가 친구의 아들에게 인사시켰다.

"여기 인사하지. 아까 말한 그 청년일세. 자네의 아버지이자 내 친구의 마지막을 지켜 준 은인일세."

친구의 아들은 감사의 얼굴과 함께 청년의 손을 두 손으로 잡고 악수를 하며 인사했다.

"그땐 경황이 없어 인사를 제대로 드리지 못했습니다. 이제야 제대로 인사를 드립니다. 정말 감사했습니다. 어떻게 그 빚을 갚아야 할지 모르겠습니다."

"당연히 해야 할 일을 했을 뿐입니다. 그렇게 생각하지 않아 주셔도 됩니다."

"그렇게 말씀해 주셔서 정말 감사드립니다. 그래도 마음 한편이 편하지 않은 것은 사실이네요."

"아닙니다. 그렇게 생각하시면 제가 다른 의미를 품고 행동한 것처럼 보입니다. 제 순수한 존경심을 받아 주시면 감사하겠습니다."

"그렇다면 알겠습니다."

"인사가 끝났으면 이제 옷을 보지."

우리 셋은 조용히 옷을 바라보았다. 친구의 아들은 조용히 구경 중에 입을 열었다.

"이 옷은 그러면 어떻게 되는 겁니까?"

"이미 주인을 잃었으니 방법 있겠나. 그저 주인 없는 천 쪼가리가 된 것이지."

"제 아버지께서 유언장에 이런 말씀을 남기셨습니다. 사실 그런 말씀을 하실 분이 아닌데…. 자신의 옷장을 저에게 물려준다고 하시더군요. 그리고 자신의 마지막 옷이 여기 있으니 가서 꼭 봐 달라고 하셨습니다."

"그 친구도 참….'

친구는 우리가 나눈, 마지막으로 나눈 옷이 가진 가치의 이야기들을 그리고 그것의 고귀함을 기억해 주었다. 감사했다. 친구는 죽어서도 날 위해 주었다. 나는 멈췄던 말을 다시 이었다.

"친구와 사이즈도 비슷해 보이는데 자네가 그렇다면 한번 입어 보겠나? 이미 주인을 잃은 옷이지만, 유일하게 입을 자격이 있는 다른 주인이지 않나."

나는 나도 모르는 사이 옷에 가지고 있는 신념을 깨뜨리는 말을 해 버렸다. 만들어지는 옷은 주인이 정해져 있다. 그리고 그것은 그 주인만을 위한 것이고 그 주인을 잃었을 때 주인의 숨결이 묻은 채로 자식에게 이어져야만 하는 것이었다. 특히나 이 옷은 주인의 숨결을 경험하지도 못한 새 옷이자 내 친구만을 위해 맞추어진 그런 옷이었다. 나는 나를 부정하기 싫었다. 살면서 느낀 것 중 하나는 사람들은 부정당하기를 싫어하며 부정당하기를 두려워한다는 것이었다. 자신이 가진 지식이나 신념이 도덕적으로 절대적이거나 진리에 절대적이지 않음에도 불구하고 이를 꺼리는 경향이 있었다. 그것은 자신을 부정하고 싶지 않으며, 그 안에 만들어진 일그러진 신념조차 부정하기 싫기 때문일 수 있다고 생각했다. 그렇기에 이를 부정하지 못하는 존재들은 그 안에서 이득을 취하는 자들일 수밖에 없지 않았을까. 그렇지 않다면 선함이 아닌 그것을 좇을 이유가 없기 때문일 것이다. 나는 갑자기 드는 이 생각에, '나의 부정은 선한가? 나는 옳은가? 나는 지금 무엇을 좇는가? 나의 욕심과 교만은 여기까지로 되지 않았을까? 나의 이득은 내 자존심과 아집인가?'라는 질문들을 던질 수밖에 없었다. 어떠한 연유로 이런 생각이 들었는지 모르겠다. 결국에는 나 또한 같은 부정당하기 싫어하는 인간이었을 뿐이었다. 친구에 대한 감사였는지 아니면 속죄였는지 모를 일이었지만 우발적인 판단의 말은 이미 내 입을 떠난 후였고, 나의 아집에 대한 부정은 심판대 위에 서 있었다.

"그래도 되겠습니까?"

어쩌면 예상했던 대답을 들은 나는 조금의 고민을 했다.

"…. 피팅일 뿐인데 안 될 것도 없겠지. 트라우저부터 갈아입고 저기 거울 앞에 서게나."

친구의 아들은 트라우저를 갈아입고 나왔다.

"자, 이제 재킷을 입지. 내가 도와주겠네."

"네."

"이제 몸에 힘을 풀고 편하게 서 보게나."

완벽했다. 달빛에 비쳐 아름다움을 느끼던, 친구의 죽음으로 내가 욕했던, 나를 노려만 보았던 그 옷은 너무나도 완벽하고 아름다웠다. 나도 모르게 내 입에선 '아름답다.'라는 말이 튀어나왔다. 진정한 뜻이 내 친구가 아닌 여기에 있었던 듯싶었다. 나는 또 내 감정과 아집에 휘둘려 눈앞의 것밖에 보지 못했다. 내 입을 떠난 말과 나를 향한 질문들은 결국 아무것도 아닌 것이 되었으며, 나는 속으로 다시금 회개하였다.

"원래 주인이 자네인 것만 같이 잘 맞는구만. 자네는 참 아버지를 많이도 닮았어. 고칠 것도 없어 보여. 자네를 위해 태어난 옷 같네. 자네들은 어떻게 생각하나?"

"저는 무지한 인간이지만 옷이 참 편하고 좋습니다. 아버지는 이런 옷을 입을 수 있는 사람이었군요…."

"그렇다면 자네는 어떻게 생각하나."

나는 청년에게 물었다.

"제가 선생님의 옷을 제대로 본 적은 없으나 제가 본 옷 중에서는 가장 아름답습니다. 이건 옷에 대한 이야기만이 아닙니다. 사람과 옷이 하나가 되어 그 어떤 것도 튀질 않습니다. 저는 이런 것은 처음 봅니다. 이것이 진정한 옷의 의미가 아닌가 생각이 듭니다."

"자네들이 그렇게 말한다면 나는 이 옷을 완성시켜야겠네. 자네가 이 옷의 주인이 되어 주게나."

나의 회개였다.

"제가 받아도 되는 것입니까?"

"물론이고말고. 자네만이 이 옷의 주인이야. 그럼 이제 하나하나 손을 보지. 나를 좀 도와주게."

"네. 영광입니다."

청년은 나를 도와 옷의 구석구석을 맞추어 나갔다. 어느 정도 시간이 시나 마무리가 끝나고 친구의 아들은 나의 집을 나서려 했다.

"오늘 정말 감사했습니다. 저희 집안은 정말 많은 빚을 진 것 같습니다."

"그렇게 생각하지 말게. 내가 자네 아버지께 받은 것이 더 많아. 오히려 다행일세. 그럼 2차 피팅도 봐야 하니 돌아가는 것을 조금 늦출 순 없겠나?"

"얼마 정도 더 있어야 할까요?"

"2차 피팅까지 넉넉하게 1주면 좋겠군. 마무리까지는 한 3일만 더 있으면 좋겠고, 혹시 괜찮나?"

"네, 무리 없습니다."

"그럼 다음 주 일요일에 다시 여기로 와 주게. 그때 피팅을 보고 그 다음에 마무리를 하도록 하지."

"네, 알겠습니다. 오늘 감사드렸습니다. 그리고 두 분 다 아버지의 마지막을 잘 챙겨 주셔서 다시 한번 감사드립니다. 다음 주에 뵙겠습니다."

"그래, 조심히 들어가게나."

"안녕히 계세요."

옷의 새로운 주인은 집을 떠났다. 나는 청년에게 친구의 유언을 전할

참이었다.

"자네를 내가 사실 오늘 보자고 한 것은 친구의 유언 때문일세. 친구가 자네를 제자로 받으라고 하더군. 자네에게도, 자네의 마스터에게도 무척이나 실례되는 일인 것을 알고 있네. 사실 가볍게 물어볼 심산이었지만, 나는 오늘 자네 덕에 알게 된 것이 있다네. 나 자신이 할 수 있는 무언가를 해야만 했어. 저 주인을 잃었던 옷을 다시 만들겠다고 한 것도 그러한 이유에서인 것 같아. 그러나 나는 살날이 얼마 남지 않은 노인이기 때문에 자네에게 제자로 들어오라고 할 수도 없네. 그렇기에 부탁 하나만 하지. 정말 괜찮다면 저 마지막 옷을 만드는 데 도움을 줄 순 없겠나?"

청년은 고민에 빠져 보였다. 나는 그 고민이 끝날 때까지 기다려 주었다. 사실 나의 고집이자 부탁이었기에 내가 할 수 있는 것이라곤 기다리는 것뿐이었다.

"제가 마스터에게 부탁을 한번 해 보겠습니다. 저는 오전에 말씀드렸듯 선생님이 쌓아 오신 테일러링(tailoring)의 역사와 마음가짐 그리고 옷을 향한 해석을 존경합니다. 그것이 테일러들의 진정한 길이라고 생각도 했고 말이죠. 그리고 오늘 본 그 옷은 제가 생전에 처음 보는 옷이었습니다. '옷은 원래 이렇게 존재해야 하는 것이구나.'라는 것도 깨달았습니다. 옷은 결국 아무것도 아니더군요. 너무나 위대한 옷이었지만 그건 아무것도 아니었습니다. 오늘 제가 느낀 것은 그 아드님께서 어떠한 분인지를, 그 안에 옷이 어떻게 위치해야 하는지를, 그저 사람에 대하여 깨달은 것뿐이었습니다. 제 손이 그 위대한 옷을 만드는데 도움이 된다면 저도 무척이나 하고 싶습니다.”

“고맙네. 그럼 잠시만 기다려 주게나.”

나는 연필과 편지지를 가져와 내 뜻을 꾹꾹 눌러 담았다.

“이것은 자네의 마스터에게 전하는 내 글일세. 부탁할 때 꼭 전달해 주게나. 내 회개에 동참해 주어 고맙네. 나는 여태 구원받고자 했어. 그리고 저 옷을 만들 때 느껴지던 감정과 아름다움이 나의 구원인가 싶었고, 친구와 나눈 구원의 이야기가 이제야 실현되는 듯했지. 그러나 친구가 죽고 저 옷이 천 쪼가리가 되었을 땐 내 구원은 평생에 없어지고 나는 고통에서 죽는 줄 알았다네. 참 웃기지 않나? 나는 다 포기하고 또 욕만 했지만 진정한 뜻은 거기 없었더군. 그 구원조차 내 마음대로 해석하는 것이었네. 이리도 오만한데 나는 구원을 받을 수 있을까? 나는 이제 무엇을 판단하기는 너무나도 두렵지만, 이제 내가 할 수 있는 유일하게 남은 것은 진심으로 저 옷을 마무리 짓는 것뿐일세. 그것이 나의 회개인 것을 자네와 친구의 아들 덕분에 깨닫네. 이것이 진짜 내 구원이었어. 자네의 말대로 나는 너무 교만한 상태로 악마의 속삭임에 휩쓸려 많은 시간을 낭비했구만. 나는 저 옷을 마무리하며 내 모든 것을 자네에게 알려 줄 생각이네. 나는 내가 이 세상에 남길 것은 없고, 남는다고 하더라도 고통밖에는 없을 줄 알았지. 내가 하던 일조차 고통에서 벗어나려 한 것이니 아마도 그랬을 것이야. 근데 저 옷은 어떻게 만들어졌는지 그런 것이 하나도 보이지 않아. 고통 안의 감사라니…. 마치 가죽옷을 선물 받은 것 같구만.”

“잘은 모르겠지만, 또 주제 넘는 이야기이겠지만 사랑을 받으시는 것 같습니다. 그리고 아마 사랑으로 그 옷이 만들어졌기에 그런 것 아니 겠습니까?"

"그럴 수도 있겠군. 내가 저 옷을 만들며 든 생각과 감정들은 생전 처음 느껴 보는 것이었어. 그리고 옛날처럼 집착하지도 분노스럽지도 않았지. 아예 내가 사라진 기분마저 들더군. 이 중요한 것을 마지막에나 되어서 깨닫다니…. 역시 나는 너무 어린 애송이야. 내 삶이 아깝군…. 그래도 이런 이야기를 자네 덕분에 할 수 있음에 감사할 일이구만."

내 입에서는 아무렇지 않게 감사가 나왔다. 평소처럼 의식하거나 버릇처럼 말하는 감사가 아닌 진정한 감사였다. 나는 나에게 놀랐지만, 이제는 이것이 당연하다는 것을 알았다.

"그러면 제가 내일쯤 소식을 들고 다시 찾아뵙도록 하겠습니다."

"그래 주면 정말 고맙겠네. 자네를 알게 된 것은 정말 행운이군."

"저도 그럼 들어가 보겠습니다."

"고맙네. 조심히 들어가게나."

청년마저 떠난 후 나는 아까와 달리 평온해졌다. 많이 울고 에너지를 쏟아서 그런지 배가 고팠다. 나는 청년이 사 온 빵으로 대충 요기를 한 뒤 이 감사를, 나의 나약함을 다시 기도하기 시작했다. 또 눈물이 나기 시작했다. 하지만 이는 분명 벅참의 눈물이었다. 갑자기 그 벅참과 상관없이 내 심장은 이상하게 뛰기 시작했다. 이상할 것이 없는 나이이기는 했다. 그러나 나는 본능적으로 깨달았다. 죽음이 다가온 것이었다. 살고 싶었다. 나는 죽음이 무서워졌다. 그리도 바란 죽음이었지만 이제 와서 죽음이 무서웠다. 딱 2주 만이라도 더 살고 싶었다. 내 죄에 대한 회개를 끝마치고 싶었다. 나는 그러나 탓하지 않았다. 받아들이기로 했다. 그래서 편지지를 꺼내 유언을 쓰기 시작했다. 유언을 다 적고 다이어리를 꺼내 옷을 대해야 하는 마음과 옷의 본질, 패턴을 짜는 법, 가위질을 하는 법, 바느질을 하는 법, 다림질을 하는 법 등등 내가 알고 있는 모든 지식과 경험 그리고 마음가짐을 적어 유언이자 편지와 같이 옷장에 넣어 두었다. 옷장은 내가 유일하게 받은 유산이기도 하지만 내 가장 소중한 것이기도 했다. 나를 오랜 시간 지켜 주고, 내가 사유(思惟)로 만든 것이었다. 내 사유와 삶의 본진에 이를 넣어 둔 것은 당연한 것이었다. 나의 회개의 날은 그렇게 살아남과 동시에 죽어가고 있었다.

　다음 날이 밝고 나는 청년을 맞을 준비를 했다. 청년이 언제 올지는 몰랐으나 나의 조급함은 행동으로 나타났다. 아침 일찍부터 준비하여 가만히 앉아 청년만을 기다렸다.

떵동-

나는 버선발로 달려 나가 문을 열었다.
"자네 왔나!"

"네."

"얼른 들어오게나. 결론은 어떻게 되었지?"

"잘 허락을 받았습니다."

"정말 다행이군."

나는 안도의 한숨을 쉬었다.

"얼른 앉게나."

청년과 나는 책상에 앉았다.

"자네는 좋은 소식을 들고 왔지만 나는 좋지 않은 소식을 하나 갖고 있네."

"무슨 말씀이십니까?"

"내 몸이 좋지 않아. 어제 자네가 떠난 후로 잠깐 심장이 이상하게 뛰더군. 90년 넘게 이 몸뚱어리를 지탱했으니 당연한 일이지. 그러니 내가 꼭 전해야 하는 말과 부탁을 먼저 하지. 부담스럽겠지만 '운명이다.' 하고 들어주게."

청년은 당황했지만 내 시간은 청년의 당황을 들어주기에는 긴급했다.

"일단 내가 죽는다면 이 집은 자네의 것일세. 그리고 자네가 처음에 마음에 들어 하던 저 옷장도 자네의 것이지. 아니, 내 모든 것을 자네에게 남기고자 한다네. 그리고 이는 유언장에도 적어 놨고, 그 이상이 유언장에 적혀 있으니 그건 내가 죽으면 옷장을 열어 확인하게나. 그리고 부탁은, 자네에게 기회가 된다면 이 집의 1층에 자네의 매장을 열게나. 나와 같은 삶이 아닌 자네의 삶을 베풀며 살아가게. 내가 못한 것을 자네가 해 주길 바라. 거기에는 내 의지와 향기도 실렸으면 좋겠으니,

그것에 대한 것은 다이어리에 적어 유언장 옆에 같이 두었네. 그곳에는 나의 모든 것이 적혀 있으니 제대로 봐주게. 그리고 따라오게나."

나는 자리에서 일어나 청년을 데리고 옷이 있는 방으로 향했다.

"이상하게도 나는 내가 만드는 마지막 옷이고, 더 이상 남지 않을 것 같아 패턴지에 패턴을 그릴 생각이 없었지만 그래도 그렸네. 내가 남기는 유일하고 마지막인 패턴이니 이것을 공부하고 싶다면 한 번 공부해 보게나. 그럼 급하니 얼른 만듭세."

"네. 알겠습니다."

몰아붙인 탓인지 청년은 얼떨결에 대답한 듯 보였다. 나는 청년의 대답이 듣기 두려워 얼른 주제를 바꿔야만 했다.

"자네는 내가 바느질을 하는 것을 보고 그것을 마무리 지으면 다림질을 좀 해 주게나."

"네."

나는 재단대에 걸터앉아 바느질을 하기 시작했다. 그리고 동시에 잔소리도 시작되었다.

"보이지 않는 곳도 확실하게 바느질해야 하네. 그것도 아주 진심으로 말이야. 손님에게 그 바느질이 보이지 않아도 상관없어. 우리에겐 그 바느질이 보이지 않나. 꼼꼼하게 그리고 지독하며 깊게 파고들게나. 옷에 가치를 부여하는 것은 결국에는 인간이야. 어떠한 가치로 탄생시킬 건지 똑똑히 알고 만들게나. 물론 입음의 영역 즉 어떻게 입느냐 또한 인간이 가치를 부여 하는 것이나 그것까진 우리가 고민할 필요 없어. 그것은 입는 사람이 판단해야 하는 가치이자 그들의 삶이고 그들만이 만들어 낼 수 있는 가치일 뿐이야. 우린 그저 입는 사람을 생각하며 만들고, 우리에게 주어진 일을 완벽하게 그리고 정직하게 해내는 것뿐일세. 그것이 우리가 추구해야 할 가치야."

나는 말을 마치고 묵묵히 바느질을 계속 이어 나갔다. 청년은 바느질을 처음 배우는 견습생같이 나의 모습을 바라보며 허공에 바느질하는 시늉을 하고 있었다.

"늙으니 잔소리만 더 나오는군. 우리는 원단에 생명을 불어넣는 작업을 하는 사람이야. 원단들은 어디서 왔나. 자연에서 온 것이 아닌가. 그러니 자연에 감사하며, 우리도 자연인 것을 잊지 말게. 자연으로 옷이 지어졌을 때, 그것을 입었을 때 자연에 반하는 것을 만들면 안 돼. 자연과 자연이 항상 맞닿을 수 있게 만들게나. 그러려면 항상 원단을 잘 읽고 해석하며 느껴야 한다네."

나는 하나라도 더 알려 주려 이런 잔소리만 늘어놓고 청년은 묵묵히 머리에 새기며 듣고 있었다.

"자, 이제 이건 바느질이 끝났으니 다림질을 해 보게."

나는 바느질이 끝난 옷을 청년에게 건넸다.

"네. 알겠습니다."

청년은 다리미의 온도를 올리고 다림질을 하기 시작했다. 나는 그 순간에도 잔소리를 멈추지 않았다.

"우리는 재단을 하고 바느질을 하지. 이것은 뼈와 살을 만드는 것이야. 그럼 숨도 불어넣어야 하지 않겠나. 다림질은 숨을 불어넣는 행위라네. 그렇기에 제대로 집중하여 해야 해. 그래야만 우리가 만드는 생명이 정확히 살아날 수 있네. 집중하여 옷의 형태를 생각하게나."

"네!"

청년의 대답과 눈빛은 나의 모든 것을 뺏어 가려는 듯 진지했다. 나는 잔소리도 끝났겠다, 청년에게 전적으로 맡기고 바느질을 다시 시작했다. 나와 청년은 시간이 늦어지는 것도 못 느낀 채 옷에만 집중했다.

"벌써 시간이 이렇게 되었나? 너무 늦었으니 이제 돌아가 보게나. 늙은이의 장단에 맞춰 주어 고맙네."

"오늘 정말 많이 배웠습니다. 그리고 그 유언에 대한 이야기는 일단 못 들은 것으로 하겠습니다. 부담되는 것이 사실이고 제가 받아들이기에도 너무 성급한 것 같습니다."

"그건 미안하게 생각하네. 그래도 고민은 해 주게나. 고맙네. 들어가 보게."

"네, 그럼 안녕히 계세요. 내일 또 뵙겠습니다."

"그래, 그래."

그렇게 다가오는 일요일까지 우리는 옷에 집중했고, 옷은 점점 주인을 맞을 준비가 되었다. 나와 청년은 밤마다 그 옷을 바라보며 아름다움과 본질에 관해 이야기를 나눴고 내 심장은 더 자주 이상하게 뛰기 시작하며 점점 아파져 왔다.

드디어 온 일요일에 우리가 만든 옷은 더 이상 흠을 잡을 것 없이 피팅을 마칠 준비가 되어 있었다. 나는 불편한 몸을 이끌고 교회에 들러 다시금 회개와 감사의 기도 그리고 예배를 드리고 청년과 같이 집에 가 손님을 맞을 준비를 했다.

땡동-

옷의 주인이 왔다. 나는 심장 때문인지 거동이 조금 불편해져 청년이 대신 문을 열어 주었다.

"왔는가."

"네, 잘 지내셨나요."

"그렇고말고. 나는 여기 앉아 있을 테니 얼른 들어가 갈아입고 거울 앞에 서 보게."

"네."

친구의 아들은 옷을 갈아입고 나와 거울 앞에 섰다. 나는 이 감동을 감히 내가 받아들여도 되나 싶었다. 그 옷은 멋진 것도 위대한 것도 아니었고 그저 삶이자 본질이었다. 그래도 나는 손님을 확인해야 했기에 몇 가지를 확인했다.

"어디 불편한 곳은 없나? 아니면 자네 마음에 들지 않는 곳은?"

"전혀 없습니다. 아버지가 이렇게 좋은 유산을 남겨 주신 것에 감사함을 느낄 뿐입니다."

"잘됐군."

나와 청년은 그에게 입힌 옷을 꼼꼼히 살핀 뒤, 마무리해야 할 부분을 검토하였다.

"그럼 수요일쯤 이 시간에 와 주게나. 아마 그땐 완성된 옷을 만날 수 있을 거야."

"네, 정말 감사드립니다. 제가 이것을 받아도 될지 모르겠습니다."

"받아도 될지 모르는 건 사네가 아니라 날세. 수요일에 보도록 하지."

"네, 그럼 들어가 보겠습니다."

"그래, 고맙네. 조심히 들어가게나."

친구의 아들은 그렇게 집을 떠났고 나는 가만히 서서 그 뒷모습을 꽤나 오랫동안 바라보았다. 그가 시야에 보이지 않을 때쯤 나는 집으로 들어갔다.

"자, 그럼 우리는 마무리 작업에 들어가지."

"네!"

나와 청년은 나의 회개를 마무리 짓기 시작했다.

띵동-

"무언가 놓고 갔나 보군. 내가 나가 보지."

나는 문을 열었고 거기엔 구두닦이 청년이 서 있었다.

"자네가 여긴 어쩐 일인가? 무슨 일이라도 생긴 게야?"

"아닙니다. 마스터. 감사의 인사를 드리러 왔습니다."

이미 구두닦이 청년의 눈가는 퉁퉁 부어 있었다.

"들어오게."

"아닙니다. 금방 가 봐야 해서 인사만 드리러 왔습니다."

구두닦이 청년은 울먹이며 말을 이었다.

"저는 제 삶이 이대로 끝난 줄 알았습니다. 꿈꾸면 안 될 줄 알았습니다. 그러나 마스터께서 제게 내어 주신 손길 하나에 제 삶은 달라지고 저는 꿈꾸는 사람이 되었습니다. 저는 이제 구두닦이가 아닌 구두를 만드는 사람이 되었습니다. 정말 감사드립니다, 마스터. 진심으로 감사드립니다."

이제 화공(靴工)이 될 청년은 펑펑 울며 감사의 말을 전했다. 나는 어떻게 해야 할지 몰랐다. 나는 나를 위해 객기로 선행을 했을 뿐인데, 오히려 그것이 회개와 구원이 되어 돌아왔기에 이러한 반응은 어색했지만, 그에게 축하를 전해야 했다.

"잘됐군. 정말 잘됐어. 제대로 하게나. 제대로 배우고 제대로 만들게. 익숙해지면 아마 과거는 잊히고 불평이 생각나겠지. 그럴 때는 오늘의 눈물을 기억하게나."

"네, 마스터."

화공은 그렇게 문 앞에서 계속하여 울며 감사의 인사를 전하고 떠났다. 나는 무엇을 했는지는 모르겠지만 마지막 옷을 지으며, 방금 화공의 감사를 들으며 나에게 원하신 것이, 내가 좇던 것이 아닌 다른 종류의 사랑임을 어렴풋이 알게 됐다. 나는 다시금 옷을 마무리하기 위해 화공을 보내고 방으로 들어갔다.

"누구였습니까?"

청년은 물었다.

"자네가 나에게 가르침을 준 그날 있지 않나. 나는 그날 아마 사람을 한 명 구한 것 같네."

"그렇습니까? 근데 이제와 이야기하지만 저도 선생님께 구함을 받기는 했습니다."

청년은 말을 마친 뒤 조금의 뜸을 들이고 이내 말을 이었다.

"많이 고민했고 부담스럽기는 하지만… 제가 선생님의 유언을 받도록 하겠습니다."

"정말인가?! 고맙네. 정말 고마워! 이제 정말 이 옷을 마무리 하는 것 말고는 여한이 없군. 내가 이런 벅참들을 받아도 되는지 모르겠어. 고맙네."

나는 홀가분해졌다.

"그래도 그건 그거고 일은 일이지. 얼른 마무리하도록 하지."

"네."

이틀 뒤 저녁, 옷은 전부 완성이 되었다. 아마 다시 만들라고 하면 나는 다시는 이런 것을 못 만들 것이다. 나는 감사함에 계속하여 속으로 기도를 했고, 청년은 감탄한 듯 옷을 바라만 보았다.

쿵!

나는 쓰러졌다. 심장은 멈추기 전 발악을 하는 듯 보였고, 숨이 잘 쉬어지지 않았다. 청년은 놀라며, 쓰러진 나를 급하게 침대로 옮겼다.

"얼른 의사를 불러오겠습니다!"

"됐네. 내 몸은 내가 알아. 아마 자네가 나가면 내 숨이 끊길 걸세. 그냥 내 마지막 이야기를 들어주게나. 다시 한번 이야기하지만 내 모든 것은 자네의 것이야. 내 모든 것은 적어서 옷장 안에 뒀으니 확인을 해 보게나. 그리고 그 옷을 직접 전하지 못해 친구의 아들에겐 미안하구만…. 내일 꼭 잘 전달해 주게."

청년은 울기 시작하며 말했다.

"저는 아직 다 배우지 못했습니다. 더 가르침을 주십시오! 그리고 저 옷의 마지막을 보셔야 하지 않겠습니까!"

"아냐. 자넨 이미 다 배웠어. 이미 내 마지막 부탁을 들어주러 왔을 때부터 다 배운 상태였지. 그다음부터는 마음가짐의 문제야. 제대로 적시하게나. 아…. 이제 와서 죽기 싫다니. 그래도 혼자 죽을 줄 알았는데 자네가 내 죽음을 지켜 줘서 다행이야. 그리고 내 죽음이 죽음으로 끝나지 않음에 얼마나 감사한지! 자네 기억하나. 내 꿈이 바늘만 잡다 죽는 것이었다고. 아닌가, 내가 말한 적이 없나. 이젠 정신도 제정신이 아니군. 나는 그 꿈을 포기했었는데 이렇게 되었구만. 다시 바늘을 잡기 잘했어. 고맙네. 나는 드디어 내 해야 할 일을 다 한 것 같구만…."

청년은 울며 내 손을 꼭 잡았다.

"한마디만 하지…. 나는 내 사랑이, 그것만이 사랑인 줄 알았어, 그 사랑만이 나를 완벽하게 만든다 생각했지…. 근데 내 욕심에 얼마나 많은 사랑을 잃었는지 몰라. 그런데도 참 한심한 것은 죽기 직전의 이 순간에도 그 사랑을 그리워한다는 것이야…. 하지만 그것은 유일한 것이 아니었어…. 자네는 사랑을 하게. 진정한 사랑을 말이야. 사랑은 어디에나 있었네…. 내가 고집한 사랑이 아닌 수많은 종류의 사랑이 말이야…. 서로 사랑하라…. 그 말씀을 죽기 얼마 전 깨달은 나는, 삶에 행하지도 못한 나는, 그리고 그 무엇에도 감사하지도 기뻐하지도 못한 나는 너무나 큰 죄인이구만…. 죄인으로 와서 죄인으로 가는 것이었어…. 나는 그것에 구원을 받았을까? 나는 진정으로 누군가를 구하긴 했을까? 나는 마지막에 사람을 지은 것이 맞을까? 나의 마지막 며칠은 그것을 다 회개하기엔 너무 짧았지 않았을까? 아…. 가는 순간도 이렇게 마음이 편치 않다니…. 나는 죄인이 맞나 보군….”

나의 숨은 점점 쉬어지지 않았다. 시야는 멀어지고 흐릿해졌으며 평화가 느껴져 왔다. 그럼에도 나는 젖 먹던 힘을 다해 마지막 욕심의 말을 전했다.

“정말 마지막으로… 진짜 마지막으로… 행복을 좇지 말게나…. 불행을 잘라 내고자 행복을 추구하면 결국에 남는 것은 또 다른 간사하고 강렬한 행복을 향한 갈망일 뿐이야! 이 무한한 허무의 굴레를, 순간에서 벗어날 수 있는 유일한 방법은 감사뿐일세! 감사만이 현실과 행복에 머무르게 하며 쾌락과 욕망에서 멀어지게 한다네! 그것이 자유이고 그것이 초인이 되는 길이었어! 나는 이제야 자네와 먼저 간 내 친구의 감사를 깨닫네!”

청년은 말을 마친 나의 손을 꼭 잡고 기도를 하며 말을 걸었다. 그러나 이제는 그가 뭐라고 하는지 잘 들리지도 않았다. 그저 그의 말이 나에게 위로가 되는 말이겠거니 했다. 무언가 나의 죽음을 잡아당기는 듯했다. 너무나 따뜻했다. 두렵지만 따뜻했다. 주셨던 모든 것에 감사함이 느껴졌고 길고 긴 광야 생활이 끝나고 성문이 열리는 듯했다. 그 감사함 속에 나는 마지막으로 외쳤다.

"주님! 저 죄인 존(John)은 오늘 죽습니다!"

-完-

어느 늙은 테일러의 구원

어느 늙은 테일러의 구원

© 오준엽, 2024

초판 1쇄 발행 2024년 7월 24일

지은이   오준엽
펴낸이   이기봉
편집   좋은땅 편집팀
펴낸곳   도서출판 좋은땅
주소   서울특별시 마포구 양화로12길 26 지월드빌딩 (서교동 395-7)
전화   02)374-8616~7
팩스   02)374-8614
이메일   gworldbook@naver.com
홈페이지   www.g-world.co.kr

ISBN   979-11-388-3374-5 (03810)